U0619403

座椅反弹的声响

的

声响

封岩

著

广西师范大学出版社
· 桂林 ·

瞬间的不真实

——一位摄影艺术家与他的文字

忘记是在哪一个场景里——因为太相熟，因为反复讨论我们即将出版的这本书，场景变得相似，始终是，面对面、眼睛发亮地聊——总之，封岩谈起他的一次偶遇，让人难以忘却：在纽约东村，他当时的住处离基姆录像带商店（Kim's Video）只有1分钟的距离，只要一有空闲，他就会去那里借录像带。就那么意外地，或许也不是意外，他在电梯里遇到了昆汀·塔伦蒂诺。

多年以后，听者如我，硬生生从封岩不轻不重地讲述这件事的语调里看到一个真实的场景。昆汀和他的脸清晰地浮现出来，而电梯，则因为毫无细节，空荡荡地不真实。

这一相遇稍触即离，却拥有一点共性。两个如饥似渴地、堪称贪婪地汲取知识的观者，日后在不同的领域对这世界做出了自己的表达。对于这一相遇的重述，由于遇到我这个特殊的听者——在那段时日里，我反复地阅读封岩的小说，仿

1

佛陷入了他的思绪，借他之眼来观看世界——因而在我的认知里，有一种突兀的真实，近在眼前，却又同时显得不那么真实。

的确，封岩首先是一位摄影艺术家，他捕捉物象，始终都有一种独特的冷静和客观。世界在他的镜头下，呈现出一种法国哲学家皮埃尔·雷斯塔尼所言的"真实的瞬间"。也如同批评家张离所说："封岩的目光是无数条探针……他深入地发掘事物的内涵，将凝聚时间里程的生命迹象揭示出来，如同打开被顽石所封禁的化石。"他的"秩序"及"纪念碑"系列，不带情绪地拍摄档案柜、书柜、沙发、木衣架、自行车……这些真实的日常之物，在被镜头固着的一刻，其自身携带的历史过往仿佛于此瞬间显现，叫人面对如此真实与具象之物，却产生亦真亦幻之感。

与"秩序"和"纪念碑"相呼应，几乎同期写作的中篇小说《座椅反弹的声响》（下文简称《座椅》）也具有十分市井的场景，我们从百姓日常中看到了一个堪称奇异的故事。一个实验剧场，一座用以排练的20世纪50年代的国防工厂，一幢偶然发生坠楼事件的黯淡老公房……演员被不动声色地观察，同时被要求不带表情地讲述故事，而故事中套着故事，层层叠叠，像罗生门一样地展开。摄影艺术家的身份为写作者封岩带来了完全不同的笔触。在《座椅》中，人物的塑造，其举止、动作、行进都仿佛是为镜头所记录，一帧又一帧，被不厌其烦地、无数次地重复。真相何在？意义何在？假如我们的一生是一部漫长的电影，我们的每一秒都能分解为一帧一帧的镜头，我们仿佛被拉进了一个无限的深渊，而这无限的深渊正是由无限切割的生活细节构造出来的。日常！对，就是每天早晨你起床、踩上拖鞋、步入盥洗室、按固定程式刷牙……假如我们的一生被如此以显微镜般地审视——拆分的精确，强迫症一样的——反而造成了一种失真，那生命的意义究竟何在？在逝者如斯夫的时间流中，写作者封岩拉扯起试图反思的旗帜，"我"又何以作为人而立足？与"秩序"一样，《座椅》切入了普通人以及他们同样普通的生活，却是对日常的一次绝对异常的回响。

如果说，在中篇小说《座椅》中，日常以极其迥异的形态呈现出来——由于它是琐碎的、可分解的、无意义地重复的，其人物行进之绵密，其动作之入微，使得本是轻描淡写的日常景象，因其极慢，而具备了不可承受之重——那么，在封岩的短篇故事集《零度空间》里，则是另一番相反的气象。在这一组短篇小说里，是一个又一个人的都市奇遇，你看得到霓虹灯，闻得到香奈儿，听得到地铁咣啷、咣啷前行的声音……生活也在以不可思议的速度前行，快速、蒙太奇，从生到死的时间缝隙精确到秒。在大都会的映射下——你能意识到这是一个超级大都会的背景，太大了——个体是如此渺小，因而也被急剧地抽象了。在如此之巨大的天地下，人的形象有时候是模糊不清的，只能在符号化的、迅疾的情节里，因离奇而传奇。

在《零度空间》里，都市究竟可以有多大？借用封岩自己的一句话来说，则是："舞台在这里，在所有我们能看到的空间，大街、小巷、房间、街道。生活在别处。一切都可以推倒重来，像玩过家家似的，任性、由你，不分地点、场合、时间、白天黑夜。"在这一组——不，或许应该说是一束——故事里，故事与故事之间太紧密了，它们明明不相关，却常常有一些说不清道不明的勾连。像是不断地被提起的卡尔维诺，你在一个又一个的故事里读到这一情节。这一个、那一位的主人公端着、举着、顺手读着《寒冬夜行人》。他有时候出现在一则紧致的、内向的意识流小说里，有时候又在一个节奏快得让人喘不过气来的侦探故事里冒出来，让你悚然而惊，却又觉得理所当然。照样有精确的、摄影镜头般的定格，"与她并肩走进了地铁站……时间是 00 点 00 分 00 秒", 又或者是"寻获她尸体, 是在 1 月 23 日的上午, 8 点 35 分……维多利亚海边"。封岩很少形容词的叙述, 总是让人想起毫无波澜的水面, 而这些异常精准的时间点, 就像按下了快门, 咔嚓一声, 水面哗啦跃起了一朵水花——清晰、明确, 正是一张端正的相片。

值得一提的是,《座椅》和以《零度空间》命名的短篇小说集, 虽然在文字的编辑安排上《座椅》在前而短篇小说在后, 然而其写作的时间顺序刚好相反。短篇小说的写作要早于中篇多年, 前者是在纽约, 身为异乡客的封岩, 或许因为是城市的旁观者, 比居住于斯因而也相对沉溺于其中的纽约客们更能看清这个城市的疏离与无情。《座椅》则完成于 2000 年初的北京, 他在北京这座老城回望、虚构同样是古城的西安, 我猜这两座城市都烙进了他的灵魂, 因而他细致周到地、抽丝剥茧地进行叙述, 传奇反而被消解了。但无论《座椅》还是《零度空间》, 它们都是一个执着于影像的摄影艺术家在用文字佐证他对当代生活的思考, 是两种迥然不同的城市记录。

创作者从无到有, 总是一次又一次地打开新的观看世界之道。而这一回, 摄影艺术家封岩放下了手中的相机,以文字、以虚构为名拉开了一扇故事的大门，我们借机得以重新窥看、审视我们生存于此，但有时会熟视无睹的世界。

尹晓冬

座椅反弹的声响

剧院正门两侧墙壁上缠绕着密密麻麻的爬墙虎，将巴洛克风格外观的建筑遮挡得严严实实，只在顶部露出四个浮雕的金色字：人民剧院。

　　剧院内，吊在屋顶的是一双对称的吊灯，灯光是暖色调的，将四面墙壁上的纹理、四方连续形的装饰图案以及浮雕照得清清楚楚。大厅的正门，也就是进入剧院的门有两扇，一扇在左面，一扇在右面，门的两边都有厚厚的暗红色绒布帷幔。门上方亮着的灯箱上面写着"入口"二字。在大厅的左右两边还有通往二楼的楼梯，楼梯是用米色大理石铺就的，每级台阶的边沿都用黄铜包裹着，随着日久摩擦而闪闪发亮。进入正厅的门，是左手边那扇，走进去可以看见一排排整齐排列在剧院一层的座椅，每张座椅的椅背上都标有几排几号，框在一个圆圈里。剧院地面有一个坡度，由正门入口处逐渐倾斜，到底是一个用栏杆围成月牙形的乐池。站在铜质栏杆旁边可以清楚地看见乐池里的乐谱架、长号、小号、小提琴、大提琴、中提琴、单簧管、双簧管、黑管、被垫高的一块指挥台、翻开的乐谱、电镀折叠座椅、鼓……在距离乐池左右两边不到5米处，是男女厕所，被一副长方形的乳白色小灯箱标示。在剧院的正中间、两侧，红色的绒布把墙遮挡得严严实实，看不清楚后面门的形状，只有红色绒布上方写着"太平出口"四个字。

剧院的上方十几盏分布均匀的吊灯，再加上三十九盏扁圆形的乳白色吸顶灯，将整个剧院照射得通明。剧院的舞台，暂时看不出是什么结构、形状，布景也无法知道，一切都得等7米高的帷幕拉开后才能得知。现在，剧院里，人声嘈杂，听不清楚说的什么话，只有嗡嗡嗡的声音响成一片。

不一会儿，头顶上的吸顶灯、吊灯由亮渐暗，直至完全熄灭。剧场里顿时暗了下来，观众的面孔变成模糊一团，只能凭借残留在脑海里的印象，分辨出人头、肩膀、耳朵、后脑勺、鼻子、嘴巴、手臂。慢慢地有一盏白色射灯自上而下，射在了舞台正前方的红色法兰绒帷幕上，将舞台正前方的木质地板照亮得几乎看不出木质纹理。台下的声音随着射灯的出现渐渐削弱，直至没有了刚才的喧哗声，只能听到零星的咳嗽声，以及调整椅子的起落声。黑暗的剧院里，可以看见观众眼里的光在闪动，伴随着的是焦灼、期待、不确定。

孤零零的白色射灯照射下的红色法兰绒帷幕和木质地板成为所有观众注意力的焦点，时间1秒、2秒、3秒、4秒地过去了，没有人出现，没有人们期待中的男报幕员、女报幕员出现，舞台上仍旧是垂吊着的红色法兰绒帷幕、白色射灯、木质地板。听不见帷幕后面有任何声音，动作声、咳嗽声……

帷幕皱褶间距相等，看不出，或者说分辨不出哪里有缝隙可以进出报幕人员，只能隐约看见皱褶一条一条垂直的"沟壑"之间因为凸凹不平所形成的明暗面。一个人，从相互挨得很近的红色法兰绒帷幕皱褶中一闪而出，站在了射灯下。她，头的顶部和脸部以及身上由于被射灯强烈照射，几乎失去了原有的色泽，头发是白花花的一片，像下了一层霜似的，脸部的轮廓虚幻、闪闪发光，上衣的颜色不知是由于灯光的原因，还是衣服本身的颜色，很浅，很淡，几近于无，还有那双短裙下面的腿，像橱窗里塑料模特的腿，一动不动地立在那里。她，女报幕员的脸上不知是由于扑了过多的白色粉底，还是由于射灯强烈的照射给人造成的印象，总之，没有血色。即使原先可能扑了过多的胭脂，此时也看不出它的颜色和纯度来。女报幕员右手持一个黑色话筒，距离她看不出启合的嘴唇有10公分。姿势一旦被确定后，那个女报幕员就再也没有挪动过，仿佛声音不是从她嘴里传出的，而是从不知什么地方，从什么人嘴里传出的。整个剧场都是一位女士的声音，传达至剧场的各个角落、空间。

红色的法兰绒帷幕随着那位女报幕员瞬间转身隐进帷幕里而徐徐由中央向两边拉开，展现在舞台上的是像渔网似的布景，大树、月亮，和远处隐隐约约的一排排建筑。舞台上没有人。伴随着阵阵音效声，以及渐渐由弱变强的音乐声，可以看见——虽然看不见全部，但能看见——一个像是乐队指挥的头顶在左右不停摇闪，以及，时时出现在他头顶上的一根比筷子略粗、长20公分的指挥棒，在乐池中比画着。随着音乐的由弱渐强，在舞台地板上突然出现了一股浓浓的白色烟雾，先是由舞台的左方，然后是右方，向舞台中央推移。烟雾没有升高，而是，像是被限定在一定高度，大约在30公分的高度，滚滚向前。两股烟雾迅速汇合在一起，分不出彼此从哪个方向而来，迅速占据了舞台地板上所有原先能看得见的空间。突然，从舞台的先是右侧、紧接着是左侧，各冲出来一排个子高矮一致、身材相近、脸型椭圆的五个人，跨着大步腾空而起，他们脚下的步伐将刚才几乎静止的烟雾踢散。舞台上形成一股翻江倒海的气势，演员的脚接触木质地板所发出的声响，与乐池中的音乐声、舞台后面所发出的音效声汇成一片，此起彼伏，接连不断。

在刚才一阵跳跃之后，红色法兰绒帷幕迅速从两侧合拢，舞台上又恢复了短暂的寂静。很快，帷幕后面又传来一阵阵急促的脚步声，以及搬动物品的声音。

帷幕又徐徐拉开。舞台上，坐着一个看不出男女的人，静止不动。他／她，低着头，一束顶光自上而下射在他／她的头部、身上。他／她身穿一件蓝色卡其布制服，低垂着头，似乎有意隐瞒他／她的性别，或者是为了什么别的目的，总之，他／她低着头的动作足足持续了 10 分钟之久。这 10 分钟，舞台下，是屏息凝神的观众；舞台上，是静止不动的一个人。随着时间 1 秒、2 秒、3 秒、4 秒、5 秒……过去，舞台下开始出现了一些咳嗽声、身体与座椅接触所发出的声响。

舞台上，依旧是一个性别、年龄都不明确的人，只有等到他／她抬起头的那一瞬间才能见分晓。

舞台下，观众中出现了比刚才更大一些的喧哗声，原先注视着舞台而静止不动的头开始有了转动，向左，向右，向后，低头，仰头……都有。叽叽喳喳声比刚才要大，但这丝毫没有影响舞台上那个不知性别的人，他/她仍旧低垂着头。乐池里没有任何声音，也看不见刚才那位背冲着观众的指挥，垂直的帷幕也一丝不动。从舞台上看去，在舞台灯的照射下，靠近舞台的观众的脸部要比坐在远处的观众清晰，形成了由亮渐暗的格局。坐在后排的观众，由于逆光的原因，可以看见前排观众的头部像锯齿形状一排一排依次错置着。在剧场内，每扇门上方的小灯箱显得异常惹人注目：太平出口、厕所、请勿吸烟、紧急出口等。原先进出观众的正门现在紧紧关闭着，也许没有关闭，只是厚厚的红色法兰绒幕布拉了起来，只能隐约看见站在左右正门的工作人员。左边门的那位是个女的，留齐耳短发，穿灰色制服，由于光线的原因，无法看清楚她的本来肤色、表情、脸型、神色。

陆续有零星观众起身，双手扶着前排的座椅，开始向一侧挪动步伐。他们身体微微前倾，似乎是为了后排观众着想，不想由于自己的起身而遮挡住身后观众的视线。从他们挪动的步伐，可想而知大腿后部一定受到不小的阻力——坐在座椅上的观众膝盖顶住了起身出去的观众的大腿后部，这是没有办法的事，座椅与座椅之间的距离太小。

　　观众中的交头接耳声在渐渐增大，舞台上仍旧是刚才拉开帷幕的那一幕，没有任何变动。这时，突然，那个坐在舞台上的人所坐的椅子发出了咔嚓一声；舞台下，观众立即被突如其来的一声所吸引，几位正顺着观众席狭窄走道走动的观众也停住了脚步，抬起头，把视线移到发出咔嚓一声的舞台上。刚才叽叽喳喳交头接耳的观众，此时，都无声地把目光从先前说话对象的脸部、眼睛移到舞台上，移到那个暂时分不清男女的人的头部，以及他／她所坐的椅子上。

　　舞台上，又恢复了刚才的寂静，刚才所发出的咔嚓声没有影响那个坐在正中央的人。观众席，所有的头都冲着舞台正中央。刚才那几位起身离去的观众，已挪出座椅间，沿着坡形道向着面容模糊不清的留齐耳短发的女工作人员站立的门口方向走去。

　　这时，大约3分钟后，从舞台的右侧，缓步走出一对一高一矮的男子，连接两人肩膀的是一根微微弯曲的木棍，上面捆着一头猪，猪的四只蹄子被紧紧地绑住。这对用一根木棍抬一头猪的男子迅速吸引了舞台下观众的眼睛，观众大脑所发出的信息是：这两个男子要干什么？为什么抬一头猪？是真猪吗？公猪母猪？多重？下过崽没有？观众的目光都从先前那位坐在舞台中央的人身上移到了新的视点上，跟随着一高一矮、一前一后两位男子的步伐移动。两位男子一个在前一个在后地从舞台的右侧走到舞台的左侧，消失了。

舞台下，观众之中肯定有许多人发出一连串的问号：刚才这一幕是干什么？是在演戏吗？那两个抬猪的怎么不像演员？也许是专业演员？那个坐在舞台中央的人一直没有动，没有为刚才上场那一高一矮的男子所抬的猪所动，哪怕是稍稍挪动一点都没有，像是熟睡了似的。

大约又过了2分钟，那个先前一直低头坐着的人抬起头了，是男的，五官紧凑、额头饱满、单眼皮、胡子茬稀稀拉拉、龅牙，能看见他的鼻窟窿。他先是起身，然后转身，向着乐池方向走去，缓缓下了乐池。这时，乐池中响起了演奏员调音、试弦、定音、反复拉奏一个音调的声音，像是在做排练前的准备。

那个下了乐池的人穿过坐在左后一排的小提琴手，绕过一位正在翻乐谱的单簧管演奏员，并经过一位大提琴手正在拉奏琴弓的右手肘，走向乐池边一个用木头搭起的小台阶。在刚才他走下乐池之时，有些坐在后排的观众屁股离开座椅，抬起下巴，扬着脖子注视着他的一举一动。他踏上乐池通往舞台外的台阶，走下来，踏在柔软的淡驼色地毯上，走进太平出口，消失在厚厚的红色法兰绒帷幕后面。

舞台上，空荡荡的。乐池里依旧响彻着演奏人员的各种调试器乐声。

刚才从舞台右侧抬着一头猪出来的两位男子，又从舞台左侧出来，走到舞台的右前侧站定，从肩上把抬猪的木棍放下。高个子放下抬猪的木棍，把左手中拿的两对撑子交给矮个子一对。

现在，从观众席看见的是，舞台上，就是在舞台的右前角，横躺着一头白色的重量在80斤左右的猪，四只蹄子被一指粗的绳子捆着。坐在前排的观众可以清楚地看见绳子勒进猪蹄的肉里，猪的眼睛看向的不知是舞台的什么方向，还是观众席中的某一位。

高个子和矮个子把两个撑子支在舞台上，用手左右前后晃了晃，同时把抬猪的木棍连带被捆绑的猪一起放在撑子上。现在，从观众席中看到的舞台上是，一头被捆绑的猪被架在两对撑子上，撑子的直径有4厘米，两头像冰碴一样凸起许多木刺。在刚才，站在舞台上的矮个子一不留神右手被凸起的木刺扎了一下。观众可以看见他被扎瞬间的反应，像是被电击了一下，只见他双眼直盯盯看着右手大拇指，随后，把大拇指放进嘴里，嘬了嘬。坐在前排的观众可以看见他的大拇指在被扎瞬间流出了鲜红的血。他把大拇指从嘴里拔出时，刚开始，大拇指没有血迹，慢慢地血又从大拇指缓缓流出。高个子，看看矮个子的大拇指，然后，又看看矮个子的眼睛。矮个子没有抬起头来与高个子对视，只是目不转睛地看着自己的大拇指。从观众席上看，舞台上，两个人的站位是这样的：高个子站在舞台的右前角，也就是矮个子的左侧，中间隔了一头四肢被捆绑着的猪，矮个子站在距离舞台红色法兰绒帷幕不到 2 米处。

乐池里，传来了一阵小提琴试拉 Do Re Mi Fa Sol La Si Do 的声音。舞台上的灯光是均匀的分不清冷暖色温的灯光，将舞台后景灰色的幕布以及地上横着铺就的一条一条木地板照射得清清楚楚。帷幕被拉开后，垂直悬挂在舞台的左右两侧。高个子的男子看了一眼矮个子的男子后，转身走向舞台的左侧，在即将进入帷幕后面之际，转过身来，瞥了一眼四肢被捆绑的猪，或者，是那位正在低头瞧着自己右手大拇指的矮个子，随后，隐入幕后。

舞台上，正中央，还遗留下一张四条腿的、漆成赭石颜色的木靠背椅，椅背是镂空的，座板下方三面，每面都搭了一根横木条，将座椅固定住。刚才，那位坐在舞台中央低着头的男子，坐着时发出了一声咔嚓的声音，像是椅子被坐断了的声音。但现在，此刻，从观众席上看不出椅子断裂的痕迹，但也许是角度的原因，看不到断裂了的那一面。这张木椅子被放置在舞台的正中央，闲置着。

那位矮个子的男子，此时，抬起了头，向着观众席远远地望去，像是在寻找什么人似的。坐在观众席中，被他远望的那一片前后左右的观众互相看着，看究竟发生了什么。他，那位站在舞台上的矮个子男子在寻找什么？是人，还是什么？那位矮个子的男子向观众席中望了一会儿，才把视线收回，又低下头注视着自己右手的大拇指头。坐在前排的观众，能看见他的右手大拇指上还流着鲜血。矮个子用他自己的左手大拇指和食指紧掐住他右手的大拇指，企图止住大拇指继续往外流出鲜红色的血。这时被捆绑着的猪嘴张开了，矮个子抬起头来，注视着猪正大张着的嘴，猪的牙齿白生生的，一颗一颗紧挨在一起。矮个子注视了猪嘴有7秒钟，先前紧掐住右手大拇指的左手，也松开了。矮个子把左手伸进自己的裤兜里，先是伸进左裤兜里，空着手出来，然后是艰难地伸进右裤兜里，空着手出来，紧接着是伸进上衣的两只口袋里摸了一阵，没有掏出什么来。矮个子又把目光放在地板上，左右前后寻找着什么，随后，矮个子向舞台右侧厚厚的帷幕后面走去，消失在观众的视线之中。

　　舞台上，现在只剩下一张木质座椅，一头四肢被麻绳紧紧捆绑住的白猪，被架在撑子支起的木棍上。乐池里悄无声息，指挥人员此时已不在指挥台上，从观众席上望去，看不见先前只露出顶部的头，也不见那时不时挥起的右手、左手和指挥棒。舞台上，静场了有 3 分多钟，没有人上来走进舞台。没有音乐声、音效声。3 分半钟，从舞台左侧的帷幕后面走出高个子的男子，手里端着一只大木盆，走到被捆绑着的猪跟前，放下木盆。他警惕地四处巡视了一下，似乎是在寻找矮个子。他的视线在那只摆放在舞台正中央的椅子上停留了一会儿，4 秒钟，然后，他向椅子走去，伸出右手，一把拽住椅背的上部，随后，倒着走了十一步，停住，把椅子随着身体转了 45 度，正对着被捆绑的猪的正前方，把椅子向前用力一推，椅子的底座杵到了猪的正下方，他随即又把椅子掉转了 180 度，使椅背绕到了猪的后方，椅座距离猪的肚皮有 1 米。高个子又蹲下身子，把木盆端起放在椅子上，也就是猪肚皮的正下方。这时，矮个子从舞台右侧的帷幕后面走出，手里拿着一根铁丝，有 1.5 米长。高个子看见了正朝自己所站方向走来的矮个子，眼睛一直盯着矮个子手里拿着的细铁丝，直到矮个子走到距离他不到 1 米处停下来。矮个子把细铁丝移到被捆绑的白猪嘴边，停顿了 2 秒，高个子反应了过来，飞快地用两只手把猪嘴捏住，使猪嘴不能动弹。这时，矮个子迅速用手里握着的细铁丝缠住猪嘴，猪开始挣扎起来，身体随着四只被捆绑住的蹄子开始摇晃，支撑的木架有些晃动，但，没有散架。矮个子已将猪嘴捆住了一圈。又是一圈，又是一圈。猪开始挣扎得很厉害，随着矮个子在它的嘴上缠绕了四圈细铁丝，挣扎的力度明显减弱。矮个子在高个子双手捏住猪嘴的配合下，将细铁丝紧紧缠绕住猪嘴十圈，完成了捆绑任务。坐在前排的观众可以看见猪的眼睛睁得像弹子球一般大，嘴巴被细铁丝捆得牢牢的，无法张开。

高个子、矮个子一起转身向舞台右侧的帷幕后走去。不一会儿，先是高个子然后是矮个子又缓缓从帷幕后走出，高个子手里拿着一把闪闪发亮的屠宰刀，矮个子右手提着一个水桶，左手拿着一把刷子。两人身上都套了一件褐色的油布围裙，围裙的边沿是用白色的布缝制的，深褐色的油布配上白色的边显得惹人注目。高个子先走到猪的旁边，左手伸进木盆里拿出一块磨刀石，用手托平，右手握刀，霍霍地开始磨刀了。矮个子站在他的旁边看，高个子侧转头看了他一眼，那意思是：你愣在这干什么？矮个子没有理他。隔了 3

秒钟，高个子再一次边磨刀，边侧头望着矮个子，矮个子举起他的右手大拇指向高个子示意了一下，又把右手垂下放到裤兜旁，继续看高个子磨刀。

从观众席上看，舞台上是一高一矮的男子背身冲着观众，观众可以看到高个子在磨刀，矮个子站在他的右侧观看他磨刀，两个人都穿了一件周围缝制了白边的油布围裙。这时，一位身穿灰色工作装的中年男子走上舞台，双手戴着米黄色的线手套，脚上穿着一双白色旅游鞋，边走上舞台，边冲着舞台顶上的人说话，并不时抬起他戴线手套的右手，指着一个方向，说："再往这边点，这边，不是那边……"说话的语调随着手势在升高。他仰起脖子，后退了几步，眼睛始终注视着上方舞台的顶部，有时是左边，有时是右边，没有注意那两个站在舞台右角的高、矮个男子，还有那头嘴被捆住的白猪。

身穿工作装的男子冲着舞台的顶部说："那个不要了！"为了强调，又复述了一遍："就是你左手边上的那个不要了，没什么用处。把你右手边的那个挪过来，对！就是那个！放到刚才撤掉的那个位置。偏了！偏了！再往右一点！再过来一点点！"随后，他往后退了两步，又向舞台顶上四周看了一会儿，才向帷幕右侧走去。

观众席上看不见舞台顶上的人。就是有没有人也不能确定。只当是有人。

高个子把磨刀石放在地板上，没有放回他刚才取出来的木盆里，把刀随手递给了站在他右侧的矮个子。矮个子接过磨得锃亮的屠宰刀，在空中挥舞了一下，并做出了一个用屠宰刀砍高个子的假动作，这个假动作被迅速扭头的高个子看见了，瞪了他一眼。随后，高个子走向摆放在猪尾巴底下的水桶。现在，高个子面对着观众，身体的一部分，主要是上半身，被捆绑着的白猪挡着，矮个子仍旧背对着观众席，他和高个子面对面，右手里握着一把刚被打磨得锃亮的屠宰刀，不停地在用手挥舞着。刀在空中挥舞，与顶上的灯光形成一个照射与被照射的关系时，反射出刺眼的光，也就是高光。高个子弯下腰，用右手从水桶里捞起一只刷子，湿湿的带着水滴，碰到捆绑着的猪身上。唰！唰！唰！鬃刷子刷在猪身上，蘸湿的刷子刷在猪身上的水又回落到猪肚皮下面的大木盆里。高个子不断重复着上述动作：把右手上拿着的刷子放进水桶里，拿着湿湿的刷子，移到猪身上，刷猪毛，水滴落在下面的大木盆中。

舞台下，观众席中，有一部分人把目光集中在高个子手上的刷洗动作上，另一部分人把目光集中在矮个子手上的屠刀上面，现场的观众被舞台上两个不断重复的动作分散着注意力。高个子手上的动作停止了。他把鬃刷子放在水桶里，用手拍了两下被捆绑着的猪身，这时，矮个子做出行刺高个子的假动作，高个子假装反应，躲闪了一下，又立即从腰身后面拔出一把短刀，并迅速做出适当的反击动作，找到一个空当持短刀刺向矮个子，矮个子急忙躲闪了过去。只见，高个子借着自己的臂长，刺向矮个子的心脏部位，矮个子迅疾挥舞着屠宰刀，做 360 度的挥刀动作，让高个子近不了身。两个人，像两个战斗中的角斗士，开始在舞台上追逐行刺，跑到舞台的左侧，厚厚的帷幕后面。观众能看见的，一会儿是高个子的半个身子、一条腿、一把短刀，一会儿是矮个子的一个头和半截身子，再一会儿是矮个子的整个身子，但看不见高个子的身影，他在帷幕后面。

　　舞台上，由于两位在奔跑、跳跃，积沉在木板上的灰尘飞扬起来。舞台下，观众此时此刻神经开始紧张起来，血管里的血液开始比平时更加快地流淌，心跳的频率也随着一个个紧张的刺、砍、追、劈的动作而升高。只见矮个子在劈砍中不慎砍中了挡在他和高个子之间的一根柱子，刀深深砍进包裹着金粉的圆柱中，矮个子企图用力拔拽嵌在圆柱中的屠宰刀，高个子趁势跳跃了过去，大喝一声："看刀！"说时迟那时快，短刀飞刺过去，直抵矮个子的咽喉部位，只见矮个子的头微微摆动了一下，短刀嗖的一声从他脖子的部位、脸部的正前方刺了过去。高个子立刻抽回短刀，准备再次行刺，矮个子迅速回身，一个鲤鱼打挺，利用身体在翻滚中所产生的力量，两手用力一拽陷在圆柱里的屠宰刀，拔了出来，刀带着寒光，在舞台上闪动着。矮个子站稳脚步，开始变换着挥刀的姿势奔向高个子，高个子看见挥动着屠宰刀的矮个子再次向他刺来，令人难以置信地腾空跃了起来。在他身下，矮个子带着屠宰刀，穿过他的裤裆下，直接刺向红色的法兰绒帷幕，只听见，嗤拉一声，帷幕被刺穿一个口子。矮个子迅速拔出屠宰刀，转身寻找目标，这时，高个子已后翻身三周半，挥动着看不清具体刀型的短刀，向帷幕方向的矮个子移近，矮个子顺势躺倒在地板上，左右手轮番支撑着身体，并不停地变换着持刀的手，旋转刺向空中的高个子。在高个子翻滚着身体逐渐接近矮个子时，两个人的身体在一刹那形成了上下垂直关系。短暂的一刹那，两把刀——一把屠宰刀，一把短刀——锵的一声碰撞在一起，火星四溅，刀光闪闪。

舞台上，只留下矮个子在舞台的中央，高个子，不见了。高个子冲进了厚厚的帷幕后，矮个子回身持刀，迅速奔向帷幕后，舞台上只留下一头被捆绑着的白猪。音乐从乐池中传来，激昂，紧凑，亦步亦趋。观众可以清晰地听见从舞台后面传来的阵阵奔跑声，以及在奔跑中带倒器物声、摔碎玻璃器皿声，还有女人发出的尖叫声。不一会儿，先是高个子从舞台的右侧帷幕后冲出来，紧随其后的是矮个子，两个人手中仍旧各持一把刀——屠宰刀、短刀——两个人的脸上都有刀痕、血迹，跑到了舞台的中央，向舞台左侧奔去。矮个子紧追不舍，高个子一个回马枪，把手中的短刀直接刺向矮个子的心窝。

这时，音乐在指挥一个有力的挥手中结束。干脆，利落。舞台上高个子、矮个子都随着紧急休止的音乐而停住了手中握着的刀。各自的身体姿势是：高个子，手握利刀刺向矮个子的心脏部位，距离矮个子的心脏部位不到一公分，停止住了；矮个子手中的屠宰刀架在了高个子的脖子上，距离他的脖颈不到一公分；双方可以在短短一瞬间，一个刺向心脏，一个一刀砍到脖子，让鲜血从心脏、脖子喷涌而出，溅向舞台四周，像一朵盛开的礼花炮，火星缓慢地洒向大地。

舞台上，灯光在短暂的熄灭后又重新启亮，原来站在舞台中央的高个子、矮个子各自又站回了猪旁边，动作跟刚才没有发生格斗前一模一样。高个子站在矮个子的对面，面冲着观众席，矮个子背对着观众，手里不停地挥动着闪亮的屠刀。高个子隔着被捆绑的猪伸出右手，矮个子把屠刀递上，高个子拿住刀后，走到矮个子身旁，示意了矮个子一下，矮个子迅速走到另一面，用双手紧紧稳住支撑架。高个子的身体挡住了白猪的大部分身体，利落的一刀，鲜红的猪血像泄洪的水流淌出来，流进早已等候在它下面的大盆里。白色的猪，在刀进入它的身体的一瞬间，晃动了一下，或者说是震颤了一下，慢慢地身体摆动的幅度逐渐缩小，直至不动为止。

　　红色的法兰绒帷幕在此刻迅速拉上。观众先是看到舞台上的全部，紧接着看到的是三分之一的高个子的身体、白色的猪的一半、矮个子的全部，紧接着，随着帷幕迅速拉动，只能看见高个子的左臂、左臂上鲜红的血迹、猪的头部、矮个子的右半边身体、一半大盆、三分之一的椅子，再紧接着，看到的是高个子的左脚、左手的三分之一、中指到小拇指鲜血淋淋的三根手指、白色的猪嘴上缠绕了数圈的细铁丝、矮个子的右手臂，紧接着，是一个大幕已合了三分之二的厚厚的红色帷幕，以及空荡荡的舞台，再下来，就是完全合上的帷幕，没有灯光、音效、音乐声。

工 厂

我此时坐在的不是我记忆之中的人民剧院，而是，另一个，更大的演出场所，周围的人多数都不认识。观众们沿着长长的厂区街道走进演出场地，这里原本是一座工厂的厂房。厂房内依旧保留有原来工厂的水泥柱、生锈的铆钉、锈红色的墙壁，以及那个年代的标语，地面是水泥铺就的，保留了原先光亮的程度。原来厂房左右两侧的大铁窗已被锈红色的砖取代，砌得严严实实的。这里前身是国防工厂，现在已不存在，工厂的工人都已被遣散到了地方。昔日国防工厂的规模不小，能从高大的车间和烟囱、分散在各个区的食堂，还有厂部大门的规模中看出来。国防工厂被撤后，厂区的车间内曾经轰鸣不休的机床、车床、铣床都蒙上了一层厚厚的尘土，与原来机器上面的油垢混为一体，粉绿色的机器表面已看不大清楚。

固定在车间的机器仍在原地，车间的门、窗、机器与机器的相对位置都没有变化，太阳依旧在每日相同的时段照射进来，阳光透过空气中的尘埃，斜射进车间，使车间的明暗反差极为强烈。局部被阳光照射的机器，失去了它的真实色彩。乌黑的水泥地上散落着计件单、报表、废弃的包装盒。

机器侧面还能看见铆在机身上标明型号、生产日期及厂家的铝制小牌。固定在机身顶部的可以来回左右拧动的工作灯停滞在了那一刻——自停产的那一刻，没有再启亮过。拧在灯罩里面的灯泡由于年久未用，蒙上了一层灰尘，原来标在灯泡顶部的多少瓦、多少伏、什么牌子都看不清楚了，蒙在了厚厚的油垢和灰尘下面。

车间两边，或者三边、四边的高 3.5 米、宽 2.6 米的窗户上的铁框已生锈了。透过落满灰尘的玻璃只能隐约看见车间里面机器的形状、体积、座向。从锁着的车间大门缝隙向里望去，只能看见一台接一台再接一台……的机器，以及对面一块接一块镶在生锈铁框里面的长方形窗玻璃。一股久无人烟的气味从门缝释放出来。散落在工厂院落里的铁轨、吊车、起重机、杂草在夜色中显得荒漠、孤寂。

演出季是在这座废弃的工厂里拉开序幕的。废弃的铁道两旁长着一米高的杂草，前来观看演出的人都得穿过无人的厂区，穿过一扇又一扇互不相连的被打开的车间大门，跨过一堆又一堆没有动过的关闭工厂时遗留下来的铁钉、螺丝帽、生锈的锯子、边角料……

演出是在黄昏之际开始的。观众从一进厂门就进入了演出地点，与演出现场的开放式空间互为一体，工厂里所有的一切——水泥地面、锅炉、水龙头、杂草、墨绿色圆形搪瓷灯罩、标语、暖气管、井盖等都是演出的道具，参与演出。

这些演员无法辨认，与观众混在一起，所穿衣服、发型、语言、形体都与普通观众别无二致。由于演员不分明，所以每一位观众都有可能被误认为一位演员，你的着装，他的神色，她的动作，他们的交谈语言，她们的手拉手、肩并肩以及他／她正在点烟、吸进肺里、在夜幕下把吸进嘴里的烟一口接一口地缓慢吐出的姿态，他的回头张望，她的左顾右盼，他的自言自语，她的焦灼不安，他的观望，她的坤烟、打火机，张嘴，寻找，走动的步伐，都成为，或者，被认为是演出的一部分。这时有观众或者是参与演出的演员正穿过工厂区的大门，穿过一个车间，一个车间，又一个车间……走到了一个亮着灯光的大车间。车间高30米，长78米，宽48米，顶部有一台可以随时滑动的吊车，而悬挂在车间四角的探照灯代替了舞台中的聚光灯。没有舞台，只有一处空地，不停地有身穿工作制服，手里拿着钳子、扳子、榔头等工具的人在干活。机床被发动起来，这些手拿工具的人从车间的四扇大门走进走出，拨开不知是参与演出的演职人员还是前来观看演出的观众。轰鸣震耳的机器声代替了舞台的音效。这些手里拿着各种工具以及没有拿任何东西的男人女人相互之间说了一些什么，听不清楚，机器声太大，淹没了舞台上演员所说的台词。在人来人往着装不统一的车间里，有冲突在不经意之中爆发，几个人，先是两个人，不知为什么发生了口角，分不清是演出人员还是前来观看演出的观众，总之，两个人突然发生口角。起因说不清楚，也许是谁把谁的脚踩了一下，一个说，没看见，另一个说，你长不长眼睛，那位不干了，说，你说谁不长眼睛了你才不长眼睛呢，另一位一听，说，你是不是活腻了，那位立即反驳，你才活腻了。口角发生，语言冲突。周围的人把目光移到了冲突的焦点上：两个争吵的人个子不高，一位嘴唇上留着稀稀拉拉的胡茬，另一位脸白白瘦瘦；两位穿的衣服不同，一位穿着一身牛仔装，另一位脸白白的穿着一条灰色的料子裤，上身穿着一件带拉链的咖啡色夹克衫，脚上穿着一双像蛇皮纹路的黑色皮鞋。双方动起手来。也就是在发生口角后不到一分钟的时间，就突然听到"啪！啪！啪！"的声响，紧接着，两位动手者就被其他人员——分不清是演员还是观众——层层围住。从现场外围可以看到动手的不止一个人，但看不清楚是几个人在动手，场面混乱。不一会儿，有几位冲进层层包围着的人群中，将两位斗殴者拉出了车间。车间里又恢复了之前的状态，有人在交谈，有人干着活，在车床上车零件，用手里拿着的小油壶给机器搞油，用右手中的不锈钢卡尺量左手拿着的一个钢管的直径。

这时，先前一直停在车间顶部的大吊车开始启动，立即吸引了人们的注意力，分不清是观众还是演员的人们把头抬起，紧紧盯着移动着的大吊车，看着它移动的方向。大吊车上面坐着一个看不出身高的男人，只能看出是方脸盘，留小分头，由于是仰视，看不清楚他所穿衣服的款式、质地，也无法看见他所穿鞋的大小和质地、样式等，这些都得等他下了大吊车后才能看见。吊车缓缓由北向南移动着，越过底下的一台、两台、三台、四台、五台车床和无数人头，停在了第五台和第六台之间，又开始将吊钩缓缓下沉。像问号一样的吊钩有 20 千克重，在下沉当中不停地左右前后变动着方向。与吊钩连接的是直径 1 厘米粗的钢丝绳。吊钩在一点一点接近第五和第六台车床之间的一块长 3 米、宽 2 米的钢板，这时，两位工人飞快走到钢板旁边，用手拽住已下垂至他们头部位置的吊钩，将钢板上的绳索挂住，并把上面的纽扣锁住，给坐在吊车上面的人一个手势。吊车迅速启动，将连接在钢板上的两股钢丝绳绷得紧紧的。钢板已离开地面一公分，这时，从车间的西门走进来一队五个人，每人右肩上扛着一个沉重的牛皮袋子，穿过拥挤的人群，形成一条通道，走向东北墙角，开始一袋一袋地把肩上扛着的袋子放下，又沿着原路返回，出了西门。

演出是在一群工人在钢板上电焊完后，每人摘下遮挡在眼睛前面的防护罩，开始吃饭中结束的。吃饭的时候人人手里捏着一个白生生的馒头，大口大口地吃着，并不时用筷子夹起饭盆中的粉丝、土豆、红烧肉和青椒。

谁是演员？谁是观众？那两位在车间里、演出现场由口角而动手的男子是不是也是演员？演出是从什么时候开始的？我究竟参与演出了没？

我看见了什么？我问我究竟看见了什么。是像盒子一样的空间，还是一个纵深极深的大型车间？有一个人，或者，两个、三个、十几个，或者多得多的人，在拉扯、嘶喊、流汗，他们相互间在不断地倾诉，反复在问一个话题：那一夜你在干什么？说着一个名词，动词，不带主语的谓语，虚词，反义词，前缀词，后缀词，复杂的合成词，处所词例如地名：中国、亚洲、西安、大皮院、小皮院、粉巷、窦村……时间词，方位词，数词，量词，区别词，代词，人称代词：我、你、他、他们、你们、我们。"我"是说话人的自称，"你"是说话的人称听话的人，"他"是说话的人称第三者。咱们、别人、人家、大家、大伙儿都是代词。还有介词，都是从嘴里说出来的。那个站在现场的表演者，说着柳州方言、萍乡方言、徐州方言，一个词接一个词，一个句子接一个句子，没有停顿、间歇，表演者一口气把要说的话说完，下场。

舞台在这里，在所有我们能看到的空间，大街、小巷、房间、街道。生活在别处。一切都可以推倒重来，像玩过家家似的，任性、由你，不分地点、场合、时间、白天黑夜。

排练开始了。在一处车间里，十三个人，围坐在一片空地上，你和他，他和他，她和他。他们，就是人称代词的他们，代表着每一个具体的活生生的人，有性别、年龄、胖瘦、高矮，有长胡子的、有单眼皮的、有秃头的、有手指修长的、有手指肥短的、有戴眼镜的、有脸上有褶子的、有长鱼尾纹的、有说普通话的、有说方言的、有说话口吃的、有随着年龄的增长小腹微微隆起着的。排练的第一项是活动身体，据说这样可以达到神经系统的彻底放松，站姿、表情、眼神、谈吐、语气都会显得自然。

十三个人散落在车间的各个角落里，有的把腿跷在生锈的暖气管上，把右腿用手压得嘎嘣响，嘴里吐出两个字：

"哎呀!"紧接着又吐出一句:"压断了!"有的沿着通往车间顶部的梯子开始往上爬,两只手不停地交替变换着往上攀登,有的对着一个悬吊在车间一角、里面填充得鼓鼓囊囊的麻袋用力快速出击着左右拳,嘴里哼哼唧唧不断,有的在奔跑,并不时跨越堆放在车间里的铁块、钢管,还有的人出了车间门,沿着车间与车间之间的走道奔跑着。总之,所有的人都按照要求把身体放松,方法不限,地点灵活,时间是30分钟。

30分钟后,所有的人开始练习静默,这是集中注意力的一种方法。十三个人围成一圈站在车间的中央,闭目,在一个人的口令下,开始意守丹田,想象气流顺着自己的血脉缓缓流动,从脚跟向上通过两条腿,再向上流到了丹田。"意念集中!"那个人再次发出了一声口令,随后是一阵寂静。从车间的远处看,一群人,共十三个,围成一个圆圈,有的低着头,有的平视着,有的微微仰起下颚,都闭目不语,像一群部落里的人在做祈祷。

静默,是在一个人的指令下结束的。围成一个圆圈的十三个人开始向四个不同方向散去。在走动中,人人都能听见一个高个子的人发出的声音,他的话语,代表了某种权威指令。高个子将每一个人的名字都点到了。"你,在演出一开始时，先走到这个位置。"说着将手指向一个地点，表明了一个具体的位置，等那位被他叫住的人明白了自己的走位，用眼神表示理解了他的意图，他才开始对下一位说："你……"这个"你"代表了另一个人，那个人在他的叫喊中转过头，仔细地听着他的指令，明白了要在开场3分钟后，走到这里，在演出空间的中央站立不动。接下来，不同的"你"都被他一一说明了在开始后、在谁之后、在哪一个动作完成后、在哪一个声音出现时、在哪一盏灯被启亮之后出场、下场、换位、走动、干什么活、说什么话……每个人的动作都被限定了范围，所说的台词是根据临场的反应所定，也就是说，你该说什么话，在什么情景之中，你的反应都要适当，在演出当中，还要对每一位观众的反应做出适当的反应动作，比方说，如果观众之中有人突然起身，要有反应。

话题，话题是什么？演出中的话题，是现在确定，还是现场临时发挥？说时尚，说潮流，说每人的成长史、性爱史，说一天中任何细小的琐事，要具体到最小的时间单位、地点、场合、与什么人，越详细越好，越具体越好，这样好检验你所陈述的事实是真是假。你所陈述的事情真假及准确性，是由观众确认呢，还是由你自己确认呢？你所陈述的事件经过是真实的呢，还是经过语言的修饰而走调了的呢？这是一个用语言描述确立事件经过的过程，那么你到底要不要带感情色彩？不带？但话语一旦从每个人的嘴里出来就会带有他的主观色彩，无法避免。在述说中不要用一些模棱两可的字词，什么可能、也许、差不多、好像是等等都不要。最好不要带形容词。

陈述从哪一天开始呢？最后确定了一个日子，这样就有了一个规定的前提，像月历中表示过的几月几号，当然这些都是过去时。陈述先从一个人开始，就是被那位发号施令者指定的坐在靠墙角的那一位。那位靠墙角者，说自己还没有准备好，让其他人先开始，他的建议没有被发号施令者所采纳。现在，在众目睽睽之下，在十二双眼睛的注视下，他像做错了某件事后被人当众指出，他的反应、一举一动，都在他人的眼皮底下，无法躲藏。

陈述开始了，显得断断续续，不连贯，不确切，有含糊不清的地方。"什么早上6点左右？这样不行。"那位发号施令者立即叫停，指出了他的含糊其词。在他的眼神暗示下，先前被打断的陈述者继续开始陈述，说："早上6点20分……"刚刚开了个头，又被那位发号施令者打断，提问说："你怎么确定是在早上6点20分？"面对这个疑问，陈述者先是感到尴尬，随后，又有点窘迫不安，睁大着眼睛像是在回忆，在调动大脑搜索记忆库中的那一天。十二位男女的眼睛都盯着他一动不动，等待着他的反应。

　　他说他通常都是提前20分钟起床，6点40分出门，走15分钟的路，赶6点58分的331路公交车去上班。他的陈述又可以继续进行了，从怎么翻身，到哪只脚先着地，换上什么颜色的袜子，脚上穿什么牌子的鞋，鞋的颜色、码数、新旧程度，都说了。再到先迈哪只脚，走了几步，看到什么东西，用哪只手拉开洗手间的门，洗手间的灯绳在什么位置，又用哪只手拉开的灯绳，灯泡的瓦数多大；从什么地方取的牙膏、牙刷，牙膏的牌子是什么，牙刷的颜色是什么，挤了多少牙膏，先刷哪排牙齿，后刷哪排牙齿，刷了多少分钟，用什么杯子漱的口，总共漱了几口水，完毕后用没有用毛巾，毛巾是什么颜色的，照没有照镜子，刮没有刮胡子，用的是手动刮胡刀，还是电动剃须刀，刮了多长时间；吃没有吃早餐，早餐吃的是什么，喝的是牛奶、咖啡还是白开水或果汁饮料，有没有家人陪同吃早餐，吃完了早餐洗碗了没；准备出门穿的是什么衣服，手里拿没有拿提包，用左手还是用右手开的门，住的是平房还是楼房，是乘电梯下的楼还是走下楼梯的，要是走下楼梯，走了多少个台阶，出楼梯口是向左走还是向右走，走到室外天空是什么颜色，晴天、阴天还是雨天、雪天，刮不刮风；拐几个弯走到331路公交车站，当时站在331路站牌下等候的人有几个，几个男的几个女的，有没有老人、小孩；331路公交车是几点几分到达农展馆那一站的，车上的人有几个，售票员是几个，公交车司机是男是女，开车时戴没戴白手套，售票员脖子上挂没有挂一个咖啡色翻毛、开口部是电镀银色的售票夹，当时是第几个上车的，前门、后门还是中门，上去后坐没有坐座位，坐在车厢的哪一面，前后左右是什么人，男的女的；是买的月票还是一次性乘车票，坐了几站，沿途看到什么，在他乘坐期间有无坐在他前后左右的人下车，下车后有无人坐在了空出来的座椅上，当时双手是放在双膝上，还是抓住前排座椅的后背杆，手指有没有碰到坐在前排的那位乘客的后脖颈，几次，前排乘客是男是女，穿什么颜色衣服，留什么发型，戴没有戴项链、耳环，沿途售票员每到一站喊几遍站名，售票员与司机在途中说没有说话，怎么说的，面部什么表情，公交车司机扭头没有，扭了几次头，售票员说话带不带口音，有脏字没有，与乘客有没有争执，下车时那一站是什么情况，人有多少，乘客上车有没有拥挤；从车站走到单位多少分钟，天空当时什么颜色，是灰蒙蒙的，还是东方渐亮，下车后走的是直线还是拐了几个弯，单位所在的是楼房还是大院，有无门卫传达室，走到单位的确切时间，单位建筑物的颜色、楼层数，周围有无绿化带，建筑物的外墙上标没有标明楼号；到了单位是先把玻璃茶缸拿着走到盥洗室清洗干净还是先上厕所，办公室的布局是什么样子，有几扇窗户，办公桌有几张，报刊架摆放在什么位置，是谁第一个先到达办公室的，说了些什么，问候语是客套话寒暄、打情骂俏还是只是淡淡的一句话，办公室里几个男的几个女的，每位的年龄、出生地、籍贯、婚姻状况，每位的具体长相、身高、穿着，电话机在谁的办公桌上，几部，最后一个到达办公室的是谁，办公时间说的什么话题，展销活动、足球，还是小孩的教育、电视剧里的人物命运；电话铃声是几点响起的，谁接的电话，找谁，说的是什么，一共说了多长时间，挂完电话对其他同事说了些什么没有，当天的报纸是几点送来的，一共几份，都是什么报纸，几个人开始看报纸了，报纸的页数是多少，有没有附页、增版，几个人喝茶，有没有人抽烟，抽什么牌子的烟，一天抽几支；午饭是在什么时间开始的，是拿饭盒还是用食堂的不锈钢餐盘就的餐，食堂在什么位置，从办公室走到食堂要多少时间，排多长时间队，用的是饭卡、饭票还是现金结算，午饭吃的是什么，有没有喝汤，饭后是回到办公室趴在办公桌上睡了一觉还是去其他办公室打牌；下午上班的时间是几点，下班的时间是几点，从办公室走到公交车站再加上等候公交车的时间以及乘车的时间回到家总共要多长时间；回到家，晚饭是谁做的，做的是什么，几菜几汤，等候吃晚饭的时间是怎么度过的，是看晚报还是先洗个热水澡或者先看会电视，晚饭是几点开始吃的，几个人一起吃的，吃饭的时候聊什么话题，晚饭吃到几点，是谁洗的碗、收拾的饭桌；晚饭后是出去散步还是坐在沙发上看新闻联播，晚上看电视剧没有，看的是什么题材，古装、戏说、反贪、家庭暴力，还是都市言情农村家族史或民国剧，电视剧中间插播的广告是什么类广告，每次多少秒，反复出现了几次，电视剧晚上播出几集，人物的命运怎么样了，剧中有没有什么人死了，各种人物的关系交代清楚了没有，总共多少集，出演的明星是谁，现在知名度是处于上升势头还是已经有些过气，看电视剧时吃没有吃零食水果，像橘子、梨、苹果、猕猴桃、玫瑰香葡萄、提子、瓜子，喝没有喝茶水，几杯，坐在沙发上是把鞋脱了跷在一张椅子上，还是双腿交叉躺在沙发上，电视剧是几点看完的，看完了之后用遥控转台了没有，转了几次台，每次停留了多长时间，最后关掉电视机是几点；然后起身是先上了趟厕所，还是直接刷了牙，上床后做了什么没有，做了多长时间，几次，几点钟入睡的，上没有上闹钟，入睡前说的最后一句话是什么。这些都说得细致清楚才住嘴。

第一位陈述完毕后，冷场了有1分钟，这1分钟，每位都在想着自己的心事。房子什么时候能定下来。女人的问题怎么解决。想什么办法能多挣一些钱。父亲的身体不好是个问题。工作的问题还没有着落。远方的情人还没有到来。今年计划的项目还没有动手。父母的年岁已大，谁来照应。姐姐的病吃什么药能好些。儿子的户籍没有报上入不了小学找谁办。

又是那位发号施令者开口了，他抬起头，先用目光把在座的十二位都扫了一遍，说了句："继续陈述。谁先说？"没有人应答，他点燃了一支烟，吸了一口，吐出烟雾，说："顺着往下说吧。"

第二位陈述：

那一天早上7点钟，我的手机铃声响起，是闹铃响了。我睁开眼睛，看着天花板的一处，那里有个夏天被我拍死的蚊子的血迹，血迹已干枯，我记得当时为了打死这只蚊子费了力气。睡梦中被叮咬了一下之后，我用被子把头蒙住，被子里温度要比被子外高，我又把头伸出来，这时听见了蚊子的嗡嗡声。听声音蚊子就在头的左方，因为关着灯，看不清蚊子具体的位置。我嘎嗒一声拉了灯绳，睁开迷迷糊糊的双眼，开始寻找那只将我咬醒的蚊子。我先是在咖啡色的床头上寻找，然后，又在枕头上、墙壁上、大衣柜上、半截柜上、窗帘上、窗户上寻找，没有发现蚊子。我从半截柜上拿起一本财经杂志，先是在床头边上，然后是在床沿、窗户以及空中扇动起杂志，企图把或许静止停在某一处的蚊子扇飞起来，找到它的行踪，但是，没有奏效。蚊子没有出现，像是消失了。我又关上台灯，没有合眼，希望再次听到蚊子鸣叫声后，能清醒地快速反应，打开台灯。时间随着时钟的滴滴答答声过去，蚊子没有出现。我刚要入睡，又听到蚊子嗡嗡嗡的叫声，立即触摸到了台灯的灯绳，嘎嗒一声拉开了台灯，只见一个蚊子正在我的头顶飞翔，盘旋着升上了天花板，随后，又飞到了南侧窗户的纱窗上。纱窗的颜色是赭石色的，浅褐色的蚊子趴在上面，一动不动。我轻轻地从床上下来，没有穿鞋，走在木地板上，向着南侧纱窗一步一步挪近，眼睛睁得大大的，一直没有离开过趴在纱窗上的那只蚊子。现在，蚊子距离我的眼睛不到一尺，我是用手掌拍它，还是，转身走去拿刚才放回到半截柜上的那本过期的财经杂志打它？我犹豫了有六七秒钟，转身的动作刚刚做出，就停止住了，改变了主意。我把视线重新放回到那只趴在纱窗上的蚊子上，蚊子没有动。我看不见蚊子的五官，不知道它有没有眼睛、鼻子，嘴肯定是有的，从蚊子肥胖的身躯可以想象出它的肚子里有血。我想着，我要出手敏捷，才能将它一下拍死，否则的话在我的手掌还没有到达它身上的时候，它早已飞走了。我又想出了一个办法，就是把双手合起来，从它的左右方猛地夹击，将它在飞起的一瞬间拍死在我的掌心之中。但，我在想会不会由于手掌的合缝不是很严，让蚊子从手掌缝隙中溜出去，我还是决定用单掌猛力出击把它拍死。

我将右手掌从身体的下方伸展到了后方，又缓慢地举过头顶，向着纱窗上蚊子趴着的方向挥去，手掌一点一点地接近蚊子，距离蚊子 1.5 米、1.4 米、1.3 米，1.2 米，1.1 米，1 米……在即将碰到蚊子的身体时，突然，蚊子飞了起来，带着嗡嗡的叫声从我的头顶掠了过去。我转身，顺着蚊子的叫声用眼睛警觉地搜寻着，没有发现蚊子在什么位置，从隐约听到的叫声可以判断它还没有落在某一点上。

蚊子被我打死在了屋顶上。是我第三次在睡梦中被蚊子的叫声惊醒后，拉开台灯，找到了停在屋顶上的蚊子，踮起脚，用右手掌用力将它击打致死的。

那一天是冬至。我老婆让我下班回来路过菜场买点茴香和猪肉，晚上包饺子吃。我每天早上醒来第一件事就是点燃一支烟，靠在床头上，半躺着吸完。老婆在 7 点 05 分送儿子上学。儿子上小学二年级，在纺织城小学，距离老婆的单位纺织二厂不到一站地。老婆送完儿子就去上班，7 点 40 分到单位上早班。她们厂分夜班、早班、正常班三种，车间主任考虑到老婆每天要接送小孩，所以就给她安排早班，这样她 4 点 10 分就能下班，换完衣服，骑车到纺织城小学 10 分钟，儿子 4 点 30 分下课，老婆就可以用她那辆飞鸽 26 吋女式自行车带儿子回家。老婆临出门冲着屋里躺在床上的我喊了一嗓子："饭在锅里。"随后就是哐当一声的关门声。我在床上把一支中南海吸完，将烟头掐灭在床头柜上银灰色的烟灰缸里，清了清嗓子，将被子掀开，露出三枪牌的灰色秋衣秋裤，光脚踩在地板上，右脚先套进飞雁牌拖鞋，然后是左脚，向北走了三步，出了房间门，再向右转，走了十一步，再向右转进了洗手间，先看了一眼洗手间窗户外的风景，一排排光着枝干的杨树，远处的仿古式塔尖，再远处的灰色房檐、灰色烟囱以及四座正在建设中裸露着灰色水泥的高楼，还有两座伸长着臂径的吊车。视线从窗外收回，落在了距离我膝盖一尺的白色缸子上，里面放置着我的牙刷，是高露洁的，黄色的，与之挨在一起的是洁诺牌牙膏，净含量165克，牙膏的正面右上角写着"抗菌全效，清新留兰香"，左下角写着"持久抗菌，全面保护的承诺"，背面右下角一个红色的框里写着"牙齿保健，洁诺建议你：1）每天至少两次用洁诺牙膏和牙刷刷牙。2）吃健康食物，少进甜食。3）每半年拜访一次牙医"。我先是拿起牙刷，然后又拿起牙膏，用左手拧开牙膏上的白色的盖，然后，用右手用力挤压牙膏的中部，从牙膏的口部立即挤出一截白蓝相间的牙膏。牙膏挤在牙刷上，我开始将牙膏盖拧上，放在白瓷洗手台的左侧，将拿在左手上的牙刷换到右手上，开始刷牙，边刷边注视着悬挂在脸部正前方的一块四边有葡萄花纹装饰的长方形镜子。我清楚地看见自己脸上的胡茬，以及左上排牙齿最里面的两颗银色金属牙套、粗粗的眉毛、一双单眼皮的大眼睛、直挺挺的鼻子、厚厚的嘴唇、肥厚的耳垂、两鬓斑白的头发，还有一脸的倦容。

　　刷牙过程持续了两分钟，心里默数了一百二十下，拧开水龙头，用嘴直接对着水龙头的出口将嘴里的白沫洗漱干净。这时，在我身体的右侧有一团鲜艳的红色瞬间覆盖住了洗手间里冲北的窗户。只是短暂的一瞬间，看不清是什么东西，而且当时我是面冲着西，冲着镜子方向，是用余光看见的，等我反应过来，扭过头看见的是我早上看见的窗外风景——枯干的树枝、灰色的屋檐、灰色的烟囱、灰色的天以及远处灰色的工地和褐色的铁吊车。

在我还没来得及转过头来时，楼下传来了一声沉闷的像是什么东西坠落的声音，紧接着，又传来了一声犀利的尖叫声，是尾部拖音很长的"啊"的声音，惊动了整座大楼里的人，立即可以听见从各扇窗户传来的咔啦咔啦的开窗声，楼道里也传出接二连三的开门声，还有急促的脚步踏在水泥楼梯上的嘎嘎嘎声。大楼里有电梯，每日早上 6 点钟开始运行，由三个人每人值班 6 个小时，也就是第一位值班开电梯的师傅是早上 6 点至中午 12 点，第二位师傅是从中午 12 点至下午 6 点，第三位师傅是从下午 6 点至夜里 12 点。从夜里 12 点至次日凌晨 6 点无特殊情况电梯不运行。我想可能楼道里的人等不及电梯从下至上缓慢地运行，而且，在此刻可能每一层——二十四层的每一层，都在刚才传来一声沉闷的声响后按下各自所在楼层的电梯按钮，电梯从一层至二十四层每层都要完成一个打开、关闭的动作，里面 4 平方米的电梯空间只能同时容纳九位乘客。我顾不上擦去残留在嘴角的白色牙膏沫子，将牙刷匆匆扔在洗手台上，右手在打开窗户时碰翻了一瓶立着的啫喱水，顾不上把它扶起，就打开窗户探出身躯向着50米下的底楼望去。在我头部的正下方是一片灰色的石棉瓦覆盖着的自行车车棚，我第一眼看见在石棉瓦的顶部显露着一个黑黑的大窟窿，看不清黑窟窿里面有什么东西，在距离黑窟窿不到几米的地方有黑压压的一群人，他们的目光集中在黑色窟窿下方的一处。站在后排的人不时往前拥挤，迫使站在前排的人扭过头来，冲着后排嚷嚷着："挤什么？有什么好看的？"随后又把头调转过来继续呆呆地盯着车棚里的东西看。

我往下望去，人头攒动使我感觉到头晕，有一种好像有什么东西吸引着你往前探出你的大半个身躯，把自己交给天空的，一种想飞翔的感觉。我想象自己的双臂可以像鸟似的拍打着调整受风的角度，动作优雅精准地掌握飞翔的高度。我把身躯从窗外收回来，刚才瞬间想要飞翔起来的感觉在一点一点消散，耳朵里传来了嗡嗡嗡的声音。我知道这不是蚊子的声音，是耳朵里传来的耳鸣声。这种声音持续了一分钟后听觉才恢复，听到窗外的鸣笛声由远而近，不绝于耳。

楼道里传来了有人站在楼梯口议论的声音，声音有高有低有男声也有女声，我只能听到一些不完整的语句，什么

"脸部都变形了""一条腿折到另一边""手心里还捏着一个东西""红色的衣裙都撕破了""戴在手腕上的表链断了"……说到是哪一层几门跳下来的时候,音量比刚才明显减弱了许多,我在房间里听不到了。

这时,我又听到从楼道里传来清晰的嚷嚷声:"这下可好了,不用上班去了,楼道一层的出口被警察封锁住了,说要挨家挨户查询,尤其是摔下来的楼层那一溜住户要重点盘查!"一个尖细的女声问了一句:"谁说的要重点盘查?"那个刚才说要挨家挨户盘查的男人说:"是听楼下说的。"并说,"电梯也给停了。"那位说话声尖细的又问了句:"是咱们楼里住的吗?"男子回答:"不是,不知是哪的,没见过。"非常肯定地又强调了一遍不是这座大楼里的住户。我看了一眼挂在客厅里的钟,7点54分,心想平时这时候都快骑自行车到屠宰厂了,现在还待在屋里没出门。心里这么想着就走到客厅。客厅6平方米,南北两间房各12平方米,再加上5平方米的厨房,3平方米的洗手间,总共38平方米。

电话打通到屠宰厂的值班室,是姚师傅接的电话,老姚师傅说话有口音,浓重的河南口音。电话那头他先一连喂喂了两声,我冲着电话机说了:"是我,听不出来了,姚师傅？"电话那头姚师傅仍旧听不出我的声音，问找谁。我又说了找你，姚师傅耳朵背，没有听出我的声音，把电话给挂了。我再一次拨了屠宰厂的电话，电话通了之后，我提高了嗓门，冲着电话机大声吼叫。这时，先前从楼道里传进来的邻居们的议论声不见了，只剩下我冲着电话机大声嚷嚷的声音："有人跳楼了！我去不了屠宰厂了！给车间王主任说一声！"电话那头的老姚问了句："你说谁跳楼了？"我说："不知道！"电话那头的姚师傅还在继续问谁跳楼了，我把电话给挂了。

楼道里又传来了议论声，有人说："是从二十……"说到二十后面时声音变小了，听不清楚究竟是二十还是二十一或者是二十二、二十三、二十四层。我住的是二十层。死者，究竟是自杀还是他杀，现在还说不清楚，得等警察调查清楚才能知道。我又看了一眼钟，8点过10分，早饭还没有吃，向厨房望了一眼，走了进去，揭开锅盖一看，半锅大米粥里面有切成小片的香肠。这时，楼道里有人从楼梯走下来，在经过二十层时与站在楼梯口的几位打了招呼，说是下楼给警察解释一下，有急事得出去。站在楼梯口那位说话尖声的女人，我的脑子里有她的形象，戴一副浅褐色的大眼镜，龅牙，长脸，说话时常常伴随尖尖的笑声。她说："刚才有人走下楼去，给站在一层楼梯出口处的警察给挡回去了。"那个从楼上下来的男人语气急躁地说："我有急事！我有急事！"说完听见他蹬蹬蹬地跑下楼去。我打开柜门，从最上面一格取出一个白色的瓷碗，又从放在柜门边上的一个米色塑料框里取出一双筷子、一把舀勺，从锅里盛了一大满碗粥，走到小客厅里坐在椅子上，面冲着屋门，还没有顾得上喝第一口粥，就听到从楼外传来急促的乌拉乌拉的救护车的声音。我停顿了一瞬间，又把头低下去，眼睛盯着碗里的紫红色香肠，嘴里咽下去一大口稀粥。楼下传来警察维持秩序的声音，让围观的群众往后退一退，给调查人员让出一条通道。可以听到人群中有人要越过警戒线进到大楼里，有人要从楼梯口出去，与警察发生了口角，被警察严厉制止。

挂在小客厅靠南处的圆形挂钟突然发出铛的一声报时声，我抬起头望了一眼，8点半。我从冰箱里取出一瓶已吃了一半的王致和豆腐乳，关上柜门，重新坐在了刚才的座椅上。楼道里又传来了刚才嚷嚷着有急事要下楼的那位男子的嗓音和脚步声，声音中仍旧充满焦急，语气中带着不满："调查也不能不顾群众的利益。"说完又走上楼去。楼道里，听声音又有一个新加入议论的人，声音沙哑，是一个老头的声音，他一出声与那几位站在楼梯口的人说话，我就听出了他是楼下管理治安卫生的薛大爷。老大爷脸色铁黑，以前是烧锅炉的，现在退休干起这项工作，每天早上在楼道附近溜达溜达，看看有无可疑人员。这里的治安丝毫没有因为薛大爷的溜达而有所改善，自行车的丢失是最为严重的，白天、夜里都丢。薛大爷视力不好，分不清人是在开自己的自行车呢，还是在撬别人的自行车后锁。有几次他上前盘问正在开锁的人，被人当着他的面咔哒一声打开了车锁。薛大爷的脸色由于很黑，即使变红也看不出来，但心里肯定不舒服，所以薛大爷以后再看到谁在用力、使劲、变换着角度开着车锁，他也不管了，他怕人家是在开自己的车锁，他怕惹来讽刺、挖苦。

薛大爷在那位说话尖声的妇女的催促下，说他当时正从大楼的一头往另一头溜达，自行车棚里不时地有人咔哒咔哒地打开车锁，踢开脚撑子，推着自行车往车棚外走，有的把小孩放在自行车大梁的座椅上，有的把小孩放在车座后的座椅上，向着大楼的东西两侧走去。当时，薛大爷说，他正在给门洞口垃圾车旁打扫卫生的小王说西边的垃圾管道给堵上了，小王抱怨说肯定是谁家把大件垃圾从上面硬往里塞才给堵上了，说完小王又用铲子把垃圾车边的垃圾铲起，一掀，重重地扣进垃圾推车里。薛大爷说他跟小王说完话后看见小王闷着头干活，就往西走去。薛大爷走出去不到五步，身后突然传来一声像是一个重重的东西从楼上掉落下来的声音，把他吓了一大跳，打了几个哆嗦，心里暗暗骂着哪个缺德鬼干的事，从楼上扔什么下来呢！紧接着就听到一个女人的尖叫声。等他转过身来，先看到住在十一层五门的女人，抱着小孩，脸上一副惊恐的样子，向他的方向跑来，她身后的自行车在她往西跑时重重地倒在地上。那位打扫卫生的小王呆呆地站在垃圾车边，手里的铁铲也掉落在地上，望着车棚里没有出声。薛大爷说他当时脑子一片空白，腿部发软，全身无力，他说他一直心脏不好，心脏部位还装着一个起搏器，当时心跳得嗵嗵嗵的，只能看见车棚里一块鲜红的颜色，混杂在一排排摆放凌乱的自行车中。薛大爷说到这，又再一次强调他的视力不好，看不清，他又不爱戴眼镜，所以等跑到他身边那个抱着小孩的女人说："有人跳楼了！"薛大爷才知道刚才那一声是人从高处砸在车棚上，掉在自行车堆里了。薛大爷走到车棚跟前，和小王还有当时也在旁边的其他五六位走近看，其中一个住在楼里的人说，这人不是楼里的，没有见过她。他当时眼花看不清楚，只看见红色的衣裙，还有一只脚上的黑色皮鞋，另一只脚没有穿鞋。

我坐在小客厅里，边吃稀粥边竖起耳朵，仔细听着楼道里薛大爷的讲述。那个说话声尖细的女人不时地打断薛大爷的讲述，问了许多问题：那个女的是干什么的？是从谁家跳下来的？多大了？是不是外地人？她还抱怨说楼梯口被封锁住了，下不了楼，看不见那个摔在车棚里的女人究竟长得是什么样。薛大爷说他也没有看清楚，只是听站在车棚边上的人说，看样子年龄不大。是那个四楼西边的老曹用他的手机拨的110，随后，老曹边打电话，边让站在他身旁的小王伸手摸摸她的鼻子看有没有呼吸。小王没有动静，老曹瞪了他一眼，他才缓缓走向那个躺在一堆自行车中间的女人，把手伸到快到女人的鼻子底下时又缩了回来，立即扭转头，冲着正在给110报警台报详细地址的老曹说了句"没有"。说完迅速就离开了那个已没有鼻息的女人。

钟嗒嗒嗒连续敲响了九下之后，我起身了。先将王致和豆腐乳的瓶盖盖上，转身走向电冰箱，打开上面那扇柜门，放进去后随手又关上冰箱的门。走回到餐桌前将吃完了稀粥的白瓷碗拿在手上，走向隔壁的厨房，将碗筷放进水龙头下面的水槽里，正准备拧开水龙头，这时听见一队人迈着杂乱的脚步，从楼下上来又匆匆往上走去，刚才正在议论的那几位邻居没有了声音，只能听见皮鞋踏在楼梯间的脚步声。

楼道里的沉默持续了不到一分钟，议论声又开始出现了，这次不是那个声音尖细的女人在说，而是一个男人的声音，我听出来是住在中间 2004 室的老范。老范说："我刚才下楼，听三层的老吴说他昨晚 11 点 44 分在电梯里见过死者。当时，开电梯的没在，他先上的电梯，正准备关电梯门，看见像是有人赶上来了，就立即把电梯的开门键摁住，那个女人就走了进来。老吴摁了三层，那女的没摁。电梯开始缓缓上升，老吴当时想这个女人怎么从来没有见过，而且也上三楼，找谁？那女子身上发出一股浓烈的香水味，老吴说他当时脑子里迅速把住三楼的每一个男人的脸过了一遍，希望把这个满身香气的女人与他们之中的某位挂上钩。301 的男人？不可能，301 的男人下岗了，而且老婆女儿都住在一起，不可能。302 的呢？想了想也不可能，302 的男人是一位七十岁的退休工人。那么 303 呢？303 的男人是一位出租汽车司机，常常跑夜活，人看起来……老吴说他还没想透，三层就到了，老吴礼貌地让那位女子先走，女子站在原地没有动弹，老吴只好自己一步跨出电梯门，心里琢磨着那个女人上几层。老吴走出电梯向左拐了，等听到身后的电梯门关闭，又折身走到电梯门口，抬头向电梯上方表示电梯到达层数的指示数字看，电梯在四、七、九、十一、十三、十五、十七、十九、二十、二十一、二十二、二十三、二十四层都停了一下，这让老吴心里直犯嘀咕，觉得挺蹊跷。"

老范说到这，没有再接着说下去。隔了4秒钟，我听到一声打火机的声音，知道老范在抽烟。沉默了一阵子，声音尖尖的女人说话了，她说："有人说她是自杀？我看也不一定。很难说。"老范说话了，说了句："这不是你操心的事。"声音尖尖的女人接了一句："这是你操心的事？"老范说："也不是我操心的事。"说完嘻嘻哈哈了两句。

10点45分，有几个人上了二十层的楼道，原先站在楼梯口议论的人都被上来的几个人劝回到各自的屋里。这时我给老婆的工厂打了一个电话。车间里就一部电话，一个女的接听了电话。从电话里能听出车间里很嘈杂，纺织机的声音掩盖住了接听电话的女人的一部分声音，她一连问了几遍找谁，并让我声音大一点。我说："找范明霞。"那个女人复述了一遍，说："是找范明霞吗？"我说："是。"我估计我的声音整个楼道都能听见。那个接听电话的女的听清楚了，说了句"等一等"。我握着电话机的听筒，听见里面有人在喊："范师傅电话！"一分钟后老婆才来接听电话，先问了句："谁呀？"我说："是我。"老婆听出了我的声音，问了句："有什么急事，打到厂里来？"我说："我今天没法上班。"老婆问了句："怎么了？"我说："没怎么。"老婆说："没怎么为什么没有上班？"我说："我们楼里有人跳楼自杀了。"老婆没有听清楚，或者说听清楚了但想再证实一遍，又问了句："你说什么？"我说："我们楼里有人自杀了。"老婆听清楚了，问了句："谁呀？"我说："不知道是谁，还没有看到那个自杀的人。"老婆又问了："什么时候？"我说："就在早上，我临出门前发生的事情，警察把全大楼都封锁了，不准任何人进出。"老婆说："那你跟厂里请假了吗？"我说："请了。"这时门被人咚咚咚地敲响了三声，我匆匆对着电话机说："就这样，没事，我就是告诉你一下。"然后就挂了电话，冲着门问了句："谁呀？"门外面传来一个粗粗的声音："警察。"我打开大门，看见三个警察站在门口，一位站在最前面，两位站在他的身后，蓝灰色制服左前胸上各自佩戴着一个银色的番号牌。站在最前面的那位警察脸色黑黑的，没有表情，嘴唇紫黑，宽鼻子，看着我沉沉地说了一句："调查一下今天早上发生的事情。"说完就往里走了进来，紧跟着站在他身后的两位警察也走了进来，门被关上。

我带领警察走向小客厅，那位脸色黑黑的警察对着我的后背说："我们要先检查一下你的屋子。"紧接着又说了句："这是搜查证，你看看。"我转过身来，迅速将目光移到警察拿在手上的一个白色小证件上，看见了证件上方写着三个黑色字"搜查证"，底下写的什么我没有仔细看，但对证件下方的一个圆形的红章有印象。我说："可以，你们随便搜吧。"那位脸色黑黑的警察对着站在身后的两位警察说："开始。"两位警察分头行动，一位走到洗手间，另一位走向里屋，我和脸色黑黑的警察站在小客厅，相互望着，脸色黑黑的警察脸上没有表情，眼中透出一股慑人的冷光。我从兜里掏出一盒中南海，取出两支，递给他一支，脸色黑黑的警察说了句："抽这个。"说完将从蓝色制服口袋里取出来的一盒希尔顿里的一支放在他嘴里，我也将拿在自己手上的一支中南海放进嘴里，并把已拿在手上的打火机点燃，移到警察嘴边。脸色黑黑的警察低下头，点燃了嘴里的香烟，我也随后点燃了我那支，吸了一口，和他一前一后吐出白色的烟雾。我望着黑脸警察的眼睛说了句："听说那是个女人？"黑脸警察从嗓子眼里含糊地"嗯"了一声，算是回答，我又问了句："听说是从楼上跳下来的？"黑脸警察没有应答，只是抽烟，望着我的眼睛，似乎希望从我的眼神中找到一些什么他所需要的信息。我被他看得心里有些虚，这种虚是自己能够感觉得到的，我的身上，主要是后脊背上有一层虚汗往外冒。我当时在提醒自己稳住，不要乱，这件事跟我没有任何关系，我根本就不知道那个从楼上跳下来的女人是谁。想到这，我有意张开嘴，一只手捏着烟嘴，脸上微笑着望着黑脸警察，黑脸警察也望着我的眼睛，或者说是盯着我的眼睛，观察、捕捉我脸上任何细微的变化。这时，从洗手间里传来警察打开镜子后面的储藏盒弄出的声响，在里屋的那位警察正一个一个打开组合柜的抽屉，发出一阵咔啦咔啦的响声。站在我对面的黑脸警察先是扭过头，瞥了一眼正在洗手间检查有无可疑物品的警察，然后又缓慢地把头转了过来，望了一眼看不见的里屋，并没有正视我，随口问了句："干什么的？"我说："工人。"他又说："身份证让我看看。"我开始在我的上衣口袋里摸索，拿出一个黑色皮夹，从一张上面有我和我老婆还有我儿子的合影照片底下抽出一张身份证，递给黑脸警察。黑脸警察已把烟头放进离他一尺距离的饭桌上的烟灰缸里，用右手接过身份证，先看了眼身份证，随后，又抬起头看了一眼我的脸。这时，从里屋走出一位警察，手里拿着一把两尺长的刀，走到黑脸警察和我旁边。黑脸警察一手捏着我的身份证，一边望着那把刀，问了句："这是什么？"我说："这是屠宰刀。"黑脸警察又问："从哪来的？"我说："从厂里拿回来的。"警察又问："拿刀干什么用？"我说："家里的菜刀不利，我准备把从老家带来的羊肉切切炖着吃，就从屠宰厂拿了回来，准备做完了炖羊肉再还回去。"警察问："你是什么厂的？"我说："屠宰厂。"黑脸警察没有再接着问，指示那位手里拿着刀的警察把刀包好，带回局里去，并望着我说："这把屠刀我们要带回去一下，等检验完了再还给你。"我说："没问题，羊肉不着急做，你们什么时候检查完了再还。"那位刚才找到屠刀的警察在黑脸警察的示意下，又携刀走进另一间屋里继续搜查。

　　两位警察搜查时，黑脸警察又问了我家几口人，我说三口。"老婆叫什么名字？在什么地方工作？"我说："叫范明霞，在纺织二厂工作。"黑脸警察又问："你是今天早上几点听到有人跳楼的？"我说："是在 7 点 20 分，当时正在洗手间刷牙。"说着我就往洗手间走去，边给黑脸警察讲述边做着刷牙的动作。这时，那位刚才检查洗手间的警察已走到隔壁的厨房检查去了。我站在洗手台前，模仿着早上刷牙的动作，黑脸警察站在洗手间的门口，没有走上台阶，只是站在门外，仔细地听着我的讲述，注视着我手上的动作。我说："当时我刷完牙正在仰头漱口，突然，在我的右方……"说着用手指向右方的小窗户示意给黑脸警察看。黑脸警察瞥了一眼洗手间的小窗户，然后又把目光移回我的脸上，继续听我讲述。我说："我当时感觉窗户上突然出现一大块红色，只是短短的一瞬间，随即就不见了，我因为是侧身站在小窗户旁，只是凭余光感觉到了有一块红色，等我迅速转身望着小窗户时，只能看到窗户外面的风景……"说完又用手指了指小窗户。黑脸警察面无表情，我很难猜测出他此时是相信我的说法，还是半信半疑，或者说根本就不相信。

我继续讲述着："等我转过身来望着窗外时，只听见咚的一声巨响，我心想不好了，有什么东西掉下去了，暗暗想着千万别是人……"我在讲述中带着惊讶的表情，并说了我随后打开窗户探出身躯向楼下望去，发现了车棚顶上有一个大洞，楼下传来了一个抱小孩的女人的尖叫声，紧接着从楼的两侧迅速跑过来几个人。黑脸警察站在洗手间的门口望着我，问了句："你确定是从这看到的一个红色的东西掉下去的吗？"我望着黑脸警察对他说："我确定。"并解释说，"虽然当时是侧身，用的是余光，但我敢确定。"这时，两位在屋里搜查的警察出来走到黑脸警察身旁摇了摇头，表示没有发现什么可疑物品，其中一位用一张晚报将刚才搜到的屠刀包裹起来，拿在手里。黑脸警察对我说："我们随时还会向你了解一些情况，希望你配合。"我说："没有问题。"并问了一句，"什么时候可以下楼？"黑脸警察捋起制服袖管瞥了一眼戴在腕上的表，是一款圆形表盘、里面是古罗马数字带星期日历的手表，说："12点半以后可以下楼。"说完就转身往门口走去，其他两位警察随着他也往门口走去，这三位警察其中一位带着我的屠刀出了门。

我是12点25分出门的。我戴着手套，上身穿着灰色的工作装，下身穿一条蓝裤子，脚穿一双军绿色的球鞋走出家门。楼道里出奇安静，与早上一些人叽叽喳喳议论不休的情况形成很大的反差。楼道里每扇门都关闭着，窗户也都紧紧关闭着，窗户上隐约可见水污，不知是雨水打在上面遗留下来的，还是有人把水泼洒在上面留下来的，总之，走道里冲着北面的窗户没有一扇是干净的，也就是没有一扇窗户能够清晰地透出窗外面的景象。楼道里靠东角堆放着六棵大白菜，这肯定是在今天早上，或者，昨天后半夜里放的，因为我昨天夜里7点半回家还没有发现有任何大白菜堆放在墙角，一棵都没有。从门口经过走道到电梯口需要经过六户人家的门口，需要经过五道有半开着、有半闭着的粉绿色门。走道的中央有一辆破旧的28吋自行车，自行车的大梁、钢圈、护链板、后座椅、车锁、车铃都生锈了，不知是哪户人家的，自行车的车头冲着东方，靠在粉刷着石灰的墙上。电梯口的左侧有一个半截柜，半截柜上放置着一个坛子，坛子上面覆盖着一块方形的硬纸板，顶上落了一层灰，在坛子后面是一根银色的管道，从墙体的一侧通到另一侧。

电梯的按钮没有显示红色，我轻轻地按下一块方块键，立即有一个向下的三角显示出来。我望着电梯上面表示层数的指示灯，1、2、3、4、5……14、15、16、17、18，我听到在我的身后不知是哪户人家的门哐铛一声像是被打开了，我立即警觉起来：是谁？是哪一户开的门？干什么？是男是女？我听到了一声电梯抵达楼层的声音。电梯门打开了，一个戴眼镜的圆脸女人面对着站在电梯外面的我，坐在一把椅子上，手里拿着一本书，瞄了我一眼后又低下了头。我走进电梯，转身站在距离开电梯的那个女人不到60公分的地方，电梯开始向下运行。我问开电梯的看什么书，她没有抬头，眼睛也没有离开手中的书，说了句："奇侠杨小邪。"我说："好看吗？"她仍旧没有抬起头，说了句："还可以。"

电梯到达一层，门打开了，站在电梯外等候进来的四位中有一位中年男子，一位老太太领着一个三岁的小男孩，还有一位矮胖的中年妇女，脸上表情各异：老太太不停地训斥着小男孩，让他不要把脏手往衣服上抹，小男孩顽皮不听劝阻，继续手上的动作；中年男人一脸严肃，不苟言笑，黑色夹克衫上的拉链拉得高至脖颈，手里提着一个黑色公文包，脚下穿一双黑色的皮鞋，修剪整齐的发型明显抹过发蜡；矮胖的中年妇女脸上露出微微笑意。

我快步走出电梯，沿着一楼的走道向右走去，看见了车棚里面留有一堆石棉瓦碎片散落在四处，有的在自行车的座椅上，有的在自行车的前车筐里，但掉落在地上的最多。地上有一摊暗红色的血迹，面积不是很大，像一张普通的煎饼那样大小。自行车棚里不停有人存取自行车。楼外的走道要比楼内宽许多，起码五倍，走道上那位每日在楼前溜达巡视的薛大爷背着手正从东头走向西头。大楼外面淡蓝色的垃圾车停在台阶的左侧，垃圾车的顶部敞开着，可以看见里面有不少颜色各异的塑料袋，里面包裹着垃圾，打扫卫生的小王正推着另一辆垃圾车从大楼的一侧向北去。

我走进车棚，寻找我的那辆永久牌自行车，我记得昨夜停放在西侧，现在不在西侧了。结果在东侧找到了它，肯定是被人挪过了，就在今天早上。自行车座椅上面没有石棉瓦的碎片。

我从没有在这个钟点，12点半上过班。大街上，自行车、汽车、公交车、电车走走停停，我穿过第一个红绿灯，向北骑了400米，再向右，在第二个红绿灯拐弯后一路向东骑。这条道我已走了十二年，现在走的道已被拓宽了四次，街道两旁的建筑区在十二年前还是农菜地，现在是一个新规划的 CBD 周边高层建筑项目，完全建成后据说是亚洲最大的社区，里面有公园、医院、幼儿园、小学、中学、超市、会馆、网球场、高尔夫球场、游泳馆、水上乐园、网吧、花店、电影院、戏院、银行、西餐厅、茶馆、酒吧、画廊、车行、邮局……现在只是一片工地，只能看见成群结队的矮个子民工说着外地话，脸上和身上都是灰尘，等待着用大卡车运来的午饭。

屠宰厂在东郊外，距离我住的地方有 10 公里。我骑在自行车上，看着一棵一棵杨树被我的自行车甩在身后，脑子里想起今天早上从不知哪层跳下去的姑娘，不知道她在跳下去的那一瞬间怎么想的，厌倦了？疲惫了？还是被什么事情刺激得一时想不开了？我又想，她会不会是被什么人给推下去的呢？而且这个人有可能还认识，因为这栋大楼里的住户有一半是单位的职工，说不定那个人跟我也很熟，经常见面，乘一部电梯，在电梯里点个头说一两句不痛不痒的话。我不愿意再往下想，这个姑娘今天早上死了，这点已经肯定了，其他的我什么都不知道。心里想着，脚下的自行车速度越来越快，看见了远处屠宰厂耸立的烟囱，那个标志我每天上班都能看到。屠宰厂的大门离我越来越近，我看见一辆接一辆的东风牌大卡车从屠宰厂大门出来，向北驶去。我想起来了，今天是冬至，老婆昨天晚上对我说过让我在下班时买点猪肉和茴香，回家包饺子吃。屠宰厂的门口有一个厂里的营业部，专门卖新鲜的猪肉，以及猪的其他部位如猪头、猪耳朵、猪蹄……我看见站在门市部门前、以前跟我一个车间的老宋，老宋见我骑车到门口，冲我打了一个招呼。我下了车，向老宋站的位置走去，老宋先开口了，说："今天怎么这么晚才来？"我说："我们楼里有人跳楼了。"老宋一听，刚才满脸的笑意不见了，严肃了不到5秒钟，等我从兜里掏出一盒中南海，他又被身后的小徒弟小李喊了一嗓子说："老温找你！"老宋脸上的严肃不见了，冲着小李先说了一句："让他等等，着什么急呢！"然后转过身来，接过我递给他的一支中南海，脸上露出了轻松的表情，先点着了烟，才问了句："谁呀？"我说："不认识，是一个女的，从二十多层跳下来，摔在车棚的石棉瓦上掉在地上死了。"老宋边抽烟边说："别是从你屋里跳出去的吧，你不是也住在二十层吗？"我骂了一句老宋，跟他说了下班后留一斤半鲜猪肉，今天是冬至，老婆要包饺子吃。老宋说了句："下班后来拿。"说完我和老宋分手了，骑着自行车进了屠宰厂的大门，向右拐弯了。

这时，在座的不知哪位的手机铃声响了，在座者有的伸进裤兜里摸出一只手机，有的从放在旁边的包里摸出一只手机，有的从上衣口袋里掏出，在座的每位都在同一时间去寻找声音的来源。是第二位陈述者，他从裤兜里掏出一只仍在闪烁着绿灯的手机，摁了一下接听键，其他几位都停止了手上的动作，看了一眼手机后，又把手机重新放回到裤兜、包里、上衣口袋里去了。

第二位陈述者，这时，已把手机放在自己的右耳边，眼睛盯着窗外三位正在挖坑埋管道的工人，先问了句："哪位？"随后"嗯？"了一声，表示没有听清楚，或者不知道对方是谁。围坐在车间的其他几位开始说话了，这个问那个近来在忙什么，那个问另一个上次谈的那件事成了没有，另一个说没有成，完了就没有了下文，再没吭声。发号施令者从口袋里掏出一盒石林，拿出一支，点燃，对着大伙说："先休息10分钟。"说完他自己先站了起来，瞄了一眼正冲着手机说话的第二位陈述者，走到10米外的一处窗台前站住。窗外一辆电瓶车由西向东驶过，电瓶车后面的挂斗整齐摆放着一个摞一个的牛皮纸箱子，上面写着不同的数字。驾驶电瓶车的那位司机头上戴一顶蓝色的工装帽，手上戴一副白色的线手套，脚下穿着一双高帮翻毛皮鞋，向东驶去，在丁字路口处停住了，然后，掉转了车头，向北驶去。

　　接听电话的第二位陈述者冲着电话发起了脾气，好像是一瞬间的事，他责怪起对方，说："你别威胁我，我是干什么的你知道不知道？我剔过的肉比你见过的世面还多！"所有在车间里的人目光都不约而同地转移到第二位陈述者身上。只见他，第二位陈述者，怒气冲冲地从车间的一头走到另一头，在走动之中，一只手，右手紧紧握着手机贴在耳朵上，另一只手不停地在前胸、脸部、头顶部位挥动着，目光随着步伐的移动在脚底下漫无目的地扫来扫去。此时，他没有说话，从他的面部表情来看像是在听对方解释，摆事实讲道理，细说事情的来龙去脉、前因后果。他的脚步停止了，在车间一处堆放着钢管的地方，他左脚踩在一根直径有10公分的钢管上，不停地将钢管前后搓来搓去。

　　刚才围坐在车间里的几个人中有三位出去上厕所去了，沿着通往车间东门的水泥路，出了门向右走去。其他八位中有两位站在吊车的钩子底下，嬉皮笑脸地说着什么，其中一位用手比画着，被另一位用手阻挡住，自己比画开来；其他六位仍旧在刚才所坐的位置，只不过各自的姿势与听第二位陈述者讲述时不同，有的靠在墙壁的管道上，有的坐在用报纸垫着的汽油桶上，有的坐在磅秤上，有的一脚踩在地上，另一脚蹬在机床的边沿，有的双手交叉站立着，有的不停把手中的金属打火机反复打着……

那第二位陈述者，现在将踩在钢管上的脚从左脚变换为右脚，仍旧继续着刚才的动作，只不过现在右脚踩在钢管上前后移动的速度、距离都要比刚才左脚的要快、要长。他的头部只抬起了不到4秒钟，又立即低了下去，继续看着脚底下，也许是钢管，也许是水泥地面上的螺丝、垫圈、铆钉，脸上已经没有了刚才的愤怒，但仍旧没有笑容，嘴角紧闭着，心情也显得沉重不堪。

那位发号施令者将手中的烟抽完后，仍旧站在窗户边望着窗外。窗外没有人，眼前只有距离窗户20米的另一间车间关闭的铁门，以及红色的砖墙，还有顺沿而下的坡形水泥道呈放射状伸展开来。远处烟囱的顶上有一根避雷针，他抬头望着，不知是不是在看避雷针，也不知在想什么。他把袖子捋起一角，瞥了一眼手表，侧转过头，看见刚才出去上厕所的三位正从车间东门进来，由于是逆光，面孔模糊不清，只能看到他们三人的形体轮廓，一个瘦高，一个中等身材，一个宽肩窄臀。他把身子彻底从窗前的一侧转过来，面冲着正走进来的三位以及其他八位，扯开嗓子喊了句："开始了。"

右脚踩在钢管上的第二位陈述者，立即对着紧贴在右耳朵的手机说了句："回头我再打给你！"那位发号施令者看了一眼在他南侧的一直在接听电话的第二位陈述者，他与他并排但间隔10米地往刚才叙述的地方走去。

那位发号施令者看着每人都坐回了刚才的位置后，先看了一眼刚才接听电话的第二位陈述者，然后说了句："开始。"第二位陈述者低下头来，沉默了5秒钟，然后抬起头来望着坐在他正对面的那位发号施令者，问了句："刚才叙述到哪里了？"那位发号施令者说道："讲到骑自行车进了屠宰厂。"第二位陈述者："知道了。"开始了叙述。

屠宰厂

屠宰厂占地 20 亩,是这座城市最大的屠宰厂。屠宰厂是 1960 年建立的,至今已有 43 年的历史。我是 1991 年从部队复员后进屠宰厂的,在屠宰厂工作了有 12 年。我每天进厂的第一件事就是把自行车停在车棚里,向南 200 米往三号屠宰车间走去。屠宰厂分二十四个车间,每个车间的分工不同。传达室在一进门的左侧,自从我进厂就是这位说话带有河南口音的姚师傅在此值班。那一天我骑车进了屠宰厂,先从自行车上下来,推车进了大门,往传达室的窗口瞧了一眼,看见姚师傅戴着一副老花镜,正在摊开一张报纸,没有与我的目光相接。我又跨上自行车向右骑去。屠宰厂到处都充斥着一股生肉味以及腥腥的猪血味。我在车棚里碰见了跟我住同一栋大楼的二十二层的张敬尧。我们平时都以老张称呼他,我在他身后叫了一声老张,老张紧张地转过头来,望着我,隔了几秒钟才说了句:"你好老谢。"我和老张是同时进厂的,又是一起分的楼房,在一个车间工作。老张四年前离了婚,离婚后单身一人住在二十二层的两间房里,老婆带着一个小孩过,老张每月按时给前妻五百元生活费。老张不太跟车间的人聊天,我算是与他很熟了,但我跟老张说话的机会也不多，顶多是闲聊几句，而且都是我问一句，他答一句。老张锁好车后，看了我一眼，等我锁好车后，他与我一同走出了车棚。我先从裤兜里掏出一盒已抽了一半的中南海，递给老张一支，老张接过烟，在他自己的裤兜里摸了一阵，看到我已将打火机点燃移到他嘴边，他才就着打火机的火苗吸了一口，我也随后点燃了自己嘴里的那支，说了句："今天只能算半天班。"然后又说了句："警察去你家检查了吗？"老张望着我的眼睛，说了句："查了。"随后我又说："也不知道是从谁家跳下的。"老张没有吱声，只是和我并排走着，各自抽着嘴里的烟。我们两个走到三号车间西边的更衣室，走向一排铁皮柜，我打开八号柜门，老张打开十一号柜门，脱下自己的衣服，换上挂在衣架上的工作制服。更衣室就我们两个人，我换好衣服先走出去，看见屠宰车间里每一位工人手里都在忙碌着，一扇扇吊在挂钩上的猪随着移动的铁链围绕着车间转动着，每扇猪一律都是后蹄被捆绑着倒挂在铁钩上，猪的头部冲下，前蹄伸展开来。我走到车间的南侧，马赛克贴面的水池冒着热气。我跟站在水池旁边的老周打了一声招呼。老周双手戴着塑胶手套，拿着一支橡皮管龙头，正在冲洗留在地上的猪血。我把悬挂在墙上的一件油布围裙取下，套在脖子上，又向车间西侧一个铁皮柜走去，拉开抽屉，取出一把两尺长的屠宰刀，用力推了一把抽屉门，只听见哐当一声，抽屉被推到底部发出声响。

我右手拿着屠宰刀，穿过一排排悬挂在我头部位置、已被剖开肠肚的死猪，又拨开一扇悬挂在我右侧的猪，侧身向南走去。我的工作就是杀猪——把刚刚从饲养场用大卡车运来的猪，在两位熟练的技工将之捆绑悬挂在一根固定的铁管上后，一刀捅进猪的肚皮，然后再用力从上到下划开猪的肚皮，剖开肠肚，戴着塑胶手套迅速在猪血仍热时取出猪胆、猪心、猪肺、猪腰子、猪肝，被我剖开肠肚的猪迅速被轨道转移到下一道工序——清洗、刮毛。我又继续握着锋利的屠刀扎向下一头被固定在铁管上的猪的肚子，猪在屠刀刺向它的肚皮时发出的一声刺耳的嗥叫，成了我熟悉的声音。猪在什么时候会发出刺耳的嗥叫，我都在心理上有所准备，在我右手紧握的屠刀刺向它的肚子时，在这个刺进、划开到刀身离开猪肚皮的动作完成时，嗥叫声会减弱，但还能听见猪呻吟、挣扎和喘息的声音。

伴随着屠宰车间里传来一声接一声猪的嗥叫声，我重复着一个又一个同样的动作，我的工作就是每日每时握着屠刀，将刀尖刺进猪的肚子里。老张的工作是将一扇扇悬挂着的已燂毛、清洗干净的猪从挂钩上取下来，扛在肩上，走向一张长 10 米、宽 5 米的铁皮包裹着的案桌，用力一抖，死猪从他的肩膀上跌落在案板上。早已等候在案板旁的工人手持锋利的短刀，立即将猪的身体分割成不同的部位：猪头、猪耳朵、前腿、后腿、猪蹄、猪肋骨、腔骨、里脊、前臀尖、后臀尖、猪尾巴……被分割的部位立即被传送带传递着离开了三号车间。老张肩上扛着一扇扇猪在我眼前不时穿过，红红的猪肉让我联想起今天早上从楼上摔下来的姑娘，也许就是老张将她扛在肩上穿过狭窄的走道走到窗前，他的左肩轻轻一抖，她就滑落下去，从一扇又一扇窗户玻璃前面迅速往下坠落，头冲着下面，被地心引力强烈地吸引着，风速一般坠落下去。我提醒自己别乱想，老张不是这样的人，从没有听厂里或者楼里的人说过老张跟其他女人有过关系，更何况是杀人的事情。老张有没有女人我不知道，但老张经常夜里很晚回来。我是在阳台上吸烟时，看见老张骑车穿过南北相通的小道，直奔停车棚方向的。我在阳台上抽烟时，有四次看见了老张，我纳闷老张怎么夜晚还出去，是兼职还是约会？我突然想起来了，昨夜我在阳台上抽烟，11 点半，当时儿子已睡，老婆还在看着电视连续剧的最后一集，我再次看见骑着自行车的老张，这和今天早上楼道里老范说的三楼老吴看见死者昨夜上电梯的时间一样。会不会是老张先上楼，随后，那位姑娘跟着乘电梯上了楼？她恰好跟老吴乘同一趟电梯，但老吴没能知道这位姑娘究竟上了几楼，因为老吴看到三层以上电梯的指示灯亮着十三个。这只是我的猜想，我暗暗告诫自己。

下班后，我换了工作服。老张通常都不与我同行，但今天老张下班与我一起。我先到屠宰厂大门口的鲜肉门市部取了一斤半鲜肉馅，随后与老张一同骑车往回家的路上走。我在路上问了句："老张，晚上都干些什么？"老张说："也没什么事。"紧接着是一阵单调的自行车响动的声音，一路上老张没吭声，我也没有再问老张什么。

骑到距离住宿大楼不到400米的一个十字路口，我对老张说："今天是冬至，晚上到我家去吃饺子去吧！"老张说："不用了，晚上还有点事，改天吧！"我说："我要去菜市场买点茴香。"就与老张在十字路口分手了。我看见老张没有往我们住宿的大楼方向骑去，而是往北走了。

那一夜，我和老婆小孩围着饭桌，吃着老婆包的茴香猪肉馅饺子。儿子一口气吃了二十三个，我吃了三十八个，老婆吃了十七个，我还就着凉菜喝了三两上个春节喝剩下的五粮液。老婆和我在吃晚饭时都没有提起今天早上发生的跳楼事件，我也没对老婆提起上午警察到家里检查过，以及把从家里搜出的一把暑刀带回局里的事。晚饭是在边吃饺子边看电视中进行的，晚上 11 点半上床睡觉，儿子早在 10 点钟就睡觉了。老婆和我躺在床上，灯已熄灭了。在黑暗中老婆说："那个从楼上跳下来的姑娘多大了？"听到老婆来自黑暗中的声音，我的心里紧了一下，隔了 5 秒钟，在老婆的胳膊肘杵了我的左臂一下后，我才说："不知道。我又没有看见。"老婆说："我今天晚上乘电梯上楼，听见开电梯的那位女师傅，就是瘦瘦的那个，跟住在十四楼的大妈说那个跳楼的女的长得挺漂亮。还说当时从楼上摔下来没有流太多的血，除了一条腿歪到上面，其他都完好无损，脸也没有变形。"我没有回答，脑子里是一片红色，还有那姑娘摔倒在地上的姿势。老婆又杵了我一下，说："你估计是从哪一层跳下来的？"我说："我不知道。"老婆说："让你说说在楼里哪一户最有可能……"老婆的话说了一半，我说："这怎么能乱猜。"老婆不言语了。我记得是在听到挂在一进门的小客厅的钟敲响了一下后慢慢入睡的。

第二位陈述者讲完后，围坐在周围的其他人，有的在抽烟，有的低着头，有的在看另一位，有的双手插在裤兜里，有的变换了一下坐姿，把刚才伸展开的双腿收回，有的把身体的上半部不停地前后晃动着。那位发号施令者把抽了一半的烟从嘴里取出，看着才叙述完毕的第二位陈述者说："演出时可能有屠宰的场面，需要一些道具，像是屠宰刀、水桶、木盆、橡胶手套、胶鞋、挂钩，以及一只猪。"第二位陈述者说："其他的道具都好解决，就是猪……"发号施令者说："猪在屠宰厂买一只，钱你不用管了。"

这时，有一队人，九个，走进车间里，向着这群围坐在一起的人走来。所有的人都穿统一的制服，是灰色工作装，头戴一顶黄色的塑料钢制安全帽。走在前面的一位留着小胡子，对着围坐成一圈的人说："请让让，我们要搬这里的东西。"那位发号施令者首先站起身来，对所有围坐成一圈的人说："到那边。"说着用手指了指车间西侧的一片空地，大伙都向西侧走去。一辆带翻斗箱的小货车从北门驶进来，开到东侧，刚才进车间的这九个身穿统一工作制服的工人开始在小胡子的指挥下，往翻斗车上装堆放在地上的废汽油桶、钢管、下脚料……车间东侧立即尘烟弥漫，并不时发出乒乒乓乓及丁丁当当的声音。

十三个人围坐在西侧的一处空地上，还是按照原来的次序坐着。那位发号施令者望了一眼紧临第二位陈述者的第三位陈述者，希望她开始陈述。看了她一眼后，他从裤兜里取出一支烟，没有立即点燃，而是又一次地抬起头，望着还没有开口说话的第三位陈述者。

正当第三位陈述者开口之时，第二位陈述者的手机响了，所有人都把目光转向他。第二位陈述者迅速从兜里掏出手机按下接听键，先把目光从手机移到坐在他对面的发号施令者，看见他明显地显示出了不高兴，并焦躁地将打火机点着，点燃了嘴里的烟。第二位陈述者当然看到了他的脸色，明白了他的意思，将手机移到耳朵边，压低了嗓门冲着手机的下部说了句："正在排练，等会我给你打过去。"说完挂上了电话，神色显得轻松了许多，也没有看正在吸烟的发号施令者，而是把头转向坐在他旁边正准备叙述的第三位陈述者。发号施令者开始说话了，说："在排练时都把手机关掉。"说完他自己先从上衣口袋里掏出一款宽大的诺基亚手机，将电源键摁了一下，手机立即变为黑屏了。其他在座者都掏出各自的手机关掉电源，放回到各自的兜里、包里。

第三位陈述者开始讲述了：

那天早上我醒来时，男朋友已经出门了。那天是他第一天上班，所以他起得比我早，他在前一天晚上睡觉前将闹钟调至7点整，他说从住的地方到公司需要1个小时。我醒来时已是 7 点 30 分，我每天在这个钟点就醒来了，形成了生物钟。我起床后的第一件事是将温热的毛巾敷在脸上 10 分钟，靠在沙发上打开电视，听听早间新闻。因为用毛巾敷着脸无法看到电视里的图像，听电视的过程中如果没有什么要紧的新闻，我是不会掀开热毛巾的。那天早上播送的新闻里说昨晚俄罗斯总统普京下令将俄国的尤科斯石油公司的总裁抓捕，罪名是涉嫌伪造合同并贿赂政府权力部门的领导人，以及涉嫌金融欺诈等五项。我对俄罗斯不了解，当听到这条新闻时，犹豫了一下是否要将敷在脸上的毛巾掀开来，看看被抓捕人的相貌特征，但我没有。头脑里倒是有普京的形象，一位长相像演员的俄罗斯总统，也像一位受过训练的职业杀手，冷峻、不苟言笑。我记得有一次和男朋友一起看电视时对坐在身旁的男友说："你看普京的形象多好。"男朋友正在抽烟，斜睨了我一眼后继续抽烟。

热敷了 10 分钟后，我掀开了白色的毛巾，睁眼看了一眼电视，电视里当时正播放俄罗斯股市受到震荡，下跌了多少个百分点。我起身走向洗手间，开始洗脸、刷牙。在刷牙的时候，听到客厅电视里传出一位女播音员的声音说在今天清晨，在北四环外的一栋高层居民大楼里发生一起自杀身亡事件，死者是一位身穿红色衣裙的女性，身份不详，警察正在调查之中，紧接着播放了蒙牛纯牛奶的广告。我当时不知怎么脑子里浮现出一位少女从大楼上一跃而下的画面，这个联想其实来自我上星期六和男朋友在家一起看电视时看到的一个节目。当时电视里正播出一个以道德和良心为主题的节目，电视上一位女主持和两位嘉宾共同探讨有关社会的基本道德以及良心的问题。在讨论中播出了一段电视画面，画面中，在一栋大楼底下，密密麻麻地站了一堆看客、闲人，有的双手插在裤兜里，嘴里叼支烟，有的正仰起脖子望着大楼顶上的一个人。那个人是一位准备自杀者，情绪显得激动，不停地在楼顶的平台上走来走去。站在大楼底下的几位公安人员拿着高音喇叭，劝解着站在楼顶上的那个人，请他打开通往楼顶平台的铁盖子，并一再许诺他所不满的问题都可以协商解决。电视画面中出现了一辆红色消防车，几位消防人员正忙着将一个大的海绵垫子垫在楼底下，万一轻生者跳落，可以使他落在海绵垫子上，减轻他的伤情。画面里劝解工作仍在进行，这时，从人群中具体不知是哪一堆里发出了一阵起哄声："有种的就跳呀！光说顶什么用！"这时站在楼顶上面的那个人蹲下身子，捡起一块石头掷向黑压压的人群，人群中出现了一阵短暂的骚动声、辱骂声、嘲笑声，几位警察劝解也无效。那个站在楼顶上的人情绪越发激动了，这是从有人在现场拍摄的镜头中看到的，他不停地一会儿走到楼顶边沿，一会儿又走回到楼顶的中央，一会儿蹲下，一会儿站起，显得焦躁不安。这时，从大楼底下的人群中发出了一浪高过一浪的喊叫声："有种的就跳呀！""别耽误时间了！""大伙都忙着呢！"人群中出现了你推我搡的状况，从电视画面上来看，当时几位维持秩序的警察无法控制住场面，一方面得顾及楼顶上轻生者的情绪，另一方面还得时时制止从人群中发出的鼓励他跳下去的声音。

那一幕终于在一瞬间发生了，就是一眨眼的工夫。当时我的男朋友正好低下头去点烟，惨剧发生了。一个生命结束了。电视机里的画面是这样的：那位站在高楼顶上的男人，站在楼顶的边沿，此前电视画面上重复出现了几次他站在楼顶的边沿，又都回到了平台上，但这次，他轻轻一跃，纵身飞跃到黑压压的人群之中。从电视上看到，他从跳跃，到落在水泥地面上，仅仅几秒钟，我当时惊讶地发出一声"啊"的声音，我的男朋友立即抬起头来，但他只能看见一具软软地摊在水泥地上的身体。跳下来的人脸部侧向一边，双手伸向头部的前方，两条腿一条微微弯曲，一条伸直，基本上呈大字形趴在地上。从电视的画面里看到，当时人群中的看客情绪激动，似乎看到了他们渴望已久的场面，眼睛里含着激动、兴奋、抑制不住的冲动，一个个往跳楼者的跟前拥挤。警察不停将往前拥挤的人往后赶，这时从人群外挤进三位身着白色大褂的救护人员，他们走到刚刚跳楼者的身边，触探他的鼻息，并做人工呼吸。不一会儿，这三个人就站起身来，往自杀者身上覆盖了一条白色的单子，电视画面在此做了一个定格。主持人、嘉宾又回到了所讨论的社会基本道德以及良心的话题。电视里随后又播出了事后记者进行采访的画面，对群众指认的当时在现场起哄往下跳的几位看客进行采访，结果那几位都异口同声否认自己在现场喊叫过，并狡辩说是其他人叫让跳的，还有人说他当时根本就不在现场，而是在小巷里卖橘子。但在记者随后的采访中，好几个人都一致指证那个卖橘子的人当时就在现场喊叫"往下跳"，当时这几位带头喊叫让往下跳的人抱怨仰着脖子看累了，肚子也饿了，还不见往下跳。嘉宾严肃，或者说义愤填膺地谴责了这种麻木不仁，就像是早年鲁迅先生笔下那些麻木不仁、没有人性的看客。

我在洗手间匆匆将含在嘴里的牙膏沫子用清水洗漱干净，走进客厅，希望能看到电视里刚才播送的那条自杀新闻。广告一连播放了有十一个，有手机、化妆品、摩托车、药品……广告之后，那位女播音员的声音和人像一同出现，但播报的是发生在河南一所小学的集体食物中毒事件，没有再进一步播报发生在本市的那起自杀事件。

我穿好衣服，背一个米色的皮包，8点钟出门了。我住在一栋六层的楼房里，没有电梯。我走到一层的时候，看见住在101房间的一位大妈左臂上戴着红色的袖章，正在拉开门，她出来后转身把门带上，走在我的身后，我可以听见大妈走路时两只脚上的鞋蹭在地上的声音，嚓、嚓、嚓。我加快了步伐，不愿意与老大妈打招呼，不喜欢她问长问短。上一次她在楼道碰见我，问："跟你一起走的那位小伙是你的丈夫？"我看见她双眼紧紧盯着我的眼睛，好像希望从我的眼神里读出些什么来，我"嗯"了一声，她又找话说："那小伙子不错，是北京人吧？"我又"嗯"了一声，从她身边走了过去，一走到大楼外面，我的脚步就加快了，希望赶快离开这位大妈，不用再回答她的问话。

那一天，就在我走过老大妈身旁十几米后，还是传来了她的叫喊声，说："哎，你等一下！"我刚开始没有回头，继续往前走，这时，迎面来了位看样子是做完晨练的退休人员，手里拿着一把套在刺绣的布套里的剑，脚底下穿着一双白色的球鞋，张开嘴冲着我说："叫你呢！"我只好装作不知道的样子，转过头望着那位距离我10米的老大妈，老大妈急急向我摇来。那位刚晨练完毕的老人与我擦肩而过，我闻见一股从他身上散发出的汗腥味。老大妈主动与那位晨练者打了一声招呼，说："练完了？"晨练者答说："练完了。"并问了她一句："老宋呢？"老大妈说："还没回来，在公园呢。"一男一女两位年纪相仿的老人相对而过，我看见老大妈短粗的身材正一点一点向我接近。我抬起左手腕瞥了一眼手表，表示了我对时间的在意。老大妈开口了，说："这是人口普查的登记表。"说着就把夹在她右胳肢窝里的一沓粉红色的表格递到我手里一张，随后，又想起来了，补给我一张，说了句："还有你的丈夫也要填。"我接过两张登记表，转身要走，老大妈又说了句："明天早上交到我那里。"我转过身回答了一句："好。"

　　老大妈再没有说什么。我向左转弯，走出小区，沿着街道向北走去。113路公交车站在街道北口右侧30米的地方，街道两边不停有自行车穿来过去，从家里出来步行走到113路车站需要10分钟时间。车站的站牌左右站立着十几个人，我看了一眼手表，8点12分，还没有来车。我需要乘坐113路至广场换乘703路到达红会医院，沿途需要50分钟。那一天，上了113路公交车后，没有位子，我穿过拥挤的乘客，走向中间，距离售票员不到两尺。售票员在一关上门后就嚷嚷着："没票的买票了！"我是8点45到达广场车站的，下了车立即跑着赶往正向车站驶来的703路公交车。我上了车，在9点05分到达了红会医院车站，从车站步行到医院3分钟，我是9点10分到达医院的四楼的。先走到401室换上白色的大褂，再走向西侧的门诊室。我的工作是给病人做皮试以及打针。跟我一起工作的是安徽籍的小董，她比我小两岁，还没有男朋友。小董已比我先到了诊室，脸上戴着一副口罩，只露出一双眼睛。我从上衣口袋里掏出口罩也戴上。站在门诊室外面的人有十三个，都在等候打针，小董已经给一位患者打完针了。我隔着布帘看见一位男士正从床上下来，两手提着裤子，扣好纽扣，走出了诊室。我戴上手套，走向摆放在桌上的消毒针盒，取出一支针管，把站在最前面的一位患者叫进来，接过他手上的单子和小药水瓶，又转身走到桌前，嘣的一声，敲掉了瓶子上面的一部分，然后，将针管头扎进已敲破了的小瓶子里，一只手将瓶中的药水抽进针管里。

打针的这位患者有三十七岁，我是看了他病历本上的年龄那一栏知道的。我让他趴在床上把裤子脱了，他顺从地趴在床上把裤子脱了一大半，我说可以了，他脱裤子的手连带褪下的裤子才停止在大腿部位。我一只手拿着针管，另一只手拿着一块蘸湿的酒精药棉走向他，先用药棉在他裸露的屁股右半边擦了一下，随手将擦过的药棉扔在了一个距离床不到一米的卫生桶里。卫生桶里已有三块用过的酒精药棉，其中一块上面还带着血迹。我左手摁在他的屁股上，然后用右手拿着的针管对准他的屁股猛地扎去，只见他的身体在针头扎进的一瞬间颤抖了一下，头部向上仰起。针管里面 3 毫升的药液在一点一点减少，直至没有。我将拿在手上的一块药棉按在针头与皮肤的接触点上，使劲摁了一下，随后就将药棉扔进了垃圾箱。小董正在隔着帘子的另一张床上给一位患者打针。

我和小董给站在诊室门外的患者打完针已是 11 点 35 分。小董和我都将戴在脸上的口罩摘掉，放进各自的口袋里，然后关上诊室的门，向楼梯走去，吃午饭。

医院的食堂在大楼外面的西侧，从大楼走到食堂需要 5 分钟。我在走去食堂的路上给小董讲了今天早上看到的新闻，说有一个女的跳楼自杀了，死者的身份还不明确。

当第三位陈述者叙述到这时，工厂里响起一阵铃声，那位发号施令者看了眼手腕上的手表，对着第三位陈述者说："先讲述到这里，吃饭。"十二个人听到"吃饭"两字后，都站起身来，前后左右向车间的北门走去，其中一位问了那位发号施令者："正式的演出是在车间吗？""不知道。"他简短地回答了一句后又说，"现在正在联系中。"十三个人都走出了车间的北门，沿着通往工厂食堂的路走着，沿途看见三五成群的工人，有的蹲着，有的坐在木箱子上，边吃着手里的馒头，用勺子舀着饭盒里的菜，边充满好奇地望着这一群不属于工厂的外来人员。这座厂区共设有五个食堂，随着工厂生产量的减少，三分之二的车间已关闭和停产，现在还在生产的车间主要是应外地企业少量订单的需求而生产的。

十三个人走到了厂区的第三食堂，吃完了午饭，又沿原路回到了车间，陈述继续开始。第三位陈述者沉默了片刻，在回想刚才说到什么地方。这时车间内东侧，两位身穿制服的工人在往一辆推车上铲垃圾，铁锹与地面接触时发出一声又一声刺耳的声音。

第三位陈述者开始说了。我中午和小董一起吃完饭后，我们又回到了诊室。当时是午休时间，楼道里只有两个人，坐在北侧的一位是患者，身穿一套住院病患穿的带条纹的睡衣、睡裤，肩上披一件深蓝色的羽绒衣，在他的旁边坐着一位年轻人，看样子像是他的亲戚，两人有一搭没一搭地说着什么。我和小董从他们身旁走过，听见他们说的外地话，像是山东一带的口音。我和小董回到诊室，将门关上，小董走到桌前拿起一个茶杯，将里面喝剩下的茶叶倒在脚底下的垃圾桶里，又打开抽屉，取出一袋用塑料袋装的茶叶，低着头问了我一句："喝不喝茶？"我说："不喝，我喝开水。"并强调了一句，"我自己倒。"小董将一撮茶叶放进茶杯里，又将塑料袋里装的茶叶放进抽屉。这时，电话铃声响起，我和小董同时将目光投向隔壁另一间屋，小董当时已将放在桌上的一个暖水壶的壶塞打开，壶口冒着热热的水蒸气。我对小董说："我去接。"说完就向隔壁屋里走去。电话铃一声接一声地响着，小董将水壶里的热水倒进茶杯，然后，我听见她将铝制的壶盖咣的一声扣在暖水壶上。当电话铃响到第六声时，我接起电话，铃声立即消失。我冲着电话机"喂"了一声，听见电话听筒里传来一声："请找一下小董！"我说："请等一等！"随后将电话机握在手上，对着外屋喊了一声："小董，你的电话。"小董清脆地回答了一声："来了。"说完，听见她把手中的茶杯铛地放在了桌上，快步走向里屋。我和小董对视上了，小董问了句："谁呀？"我说："不知道。"话音未落，小董一把将我手中的电话听筒接过去，眼中流露出焦急的神色，说："喂！"紧接着小董连续说了几个"你好，你好"，并将目光从地上转移到我的脸上，我看见她的脸上有一种紧张不安的表情。我在她的注视下走出里屋，听见小董说："不会，不会。"我将放在桌上的杯子拿起，先走到与里屋一墙之隔的洗手台，拧开水龙头的开关，听见自来水哗哗地往外流，注意力却在里屋小董的说话声那里。我手中拿着杯子，一边将杯子里灌满自来水，一边用手不停地搓洗着。我听见隔壁屋小董在说："正常班，每天早上9点到下午6点，中午休息1个小时。"又听见小董说，"业余时间就是见见朋友，吃吃饭。"又是一阵间歇，这是在听对方说话。我将水龙头关上，走回到桌前，将暖水壶里的开水倒入杯子，然后转身，靠在桌子的边沿，一只手端着水杯，另一只手撑在桌面上，望着窗外。窗外是一个花园，有郁郁葱葱的松树以及冬青，用水泥搭建的走廊上面爬满了只有干枝没有任何绿色的树藤，松树上面还残留着雪迹。两位身穿羽绒服的老头老太太从窗前走过，老头头顶上戴着帽子，老太太没有戴，两人从诊室窗外的花园行走了有5分钟才看不见了。

我喝了一口开水，听见从里屋传来小董的说话声，小董说："那你平时上班忙不忙？"对方回答的声音我听不到，只能听见小董说话的声音。小董又说："我们每天就是从上班开始到下班为止，不停地给患者打针。我们室两个人呀！就是我和刚才接电话的那位我的同事。"这时，有人站在诊室门外说话，说话的声音很大，我和小董在屋里都能听到。我看了一眼墙壁上的挂钟，1点。

小董说了句："我要上班了，回头再联系！"并一连说了两遍"我有，我有"才挂上了电话，从里屋走向外屋。我看见小董脸上洋溢着兴奋的光，问了句："有情况了？"小董说："我刚开始都忘了他是谁了，随后他说那一天在一个什么地方你不记得了？我才想起来，是在我一个朋友的生日晚宴上认识的。都是一个月前的事了，在文艺路的神龙大酒店，当时去了有三十几个人，我只认识其中的两位，其他的都不认识。他当时坐在我的旁边，我们两个就说起话来，最后互留了电话号码。这都过了一个多月了，今天他突然打来了一个电话，说是他刚才在翻电话号码本，看见了我的电话号码，想起来给我打个电话聊聊。"我听到这，走向诊室的门，打开后，看见有人早已在门口等候打针。我和小董开始准备，戴手套、口罩。小董让第一位抱着小孩的妇女走到床前，小孩一看到小董手里拿着的一支针管，就"哇"地哭开了，哭声立即响彻整个诊室、楼道。小董让抱小孩的妇女将孩子的裤子脱掉，妇女开始给小孩脱裤子，小孩哭喊着不让脱，两只脚在她的怀里不停地蹬踹着。妇女一只手挟着他的身子，腾出另一只手，迅速解开他的裤带，一把褪下裤子，小孩的白屁股裸露在小董的面前。小董手里捏着一块蘸湿的酒精棉，在小孩的屁股上抹来擦去，小孩的哭声更大了，号啕着不打针，小董没有理会他。我站在距离小孩不远的地方，能看见小孩泪流满面的脸，以及流出的鼻涕。我对哭喊的小孩说："不疼，阿姨打针不疼。"小孩以祈求的眼神无助地望着我。小董脸上没有什么表情，熟练地将手上的针管刺进哭喊中的小孩的屁股，小孩哭喊声在一瞬间增大，紧接着没有了哭声。小董手中针管里的液体一点一点减少，针管推到底部后，她用力一拔，针头离开了小孩的屁股，紧接着小董拿出一块药棉摁在刚才被扎的屁股上，让小孩的母亲用手摁住，小董的手松开了。我看见那位抱着小孩的妇女用手摁住那块药棉，走出诊室。

下一位患者是我来打针，我已准备好了针管。这位患者是男性，我将他手中拿的单子和药水瞥了一眼，看是青霉素，问了句："过敏吗？"他说不知道。我边走向上面堆放着各种药液、消毒过的白色盘子、一次性针管、药棉的桌子，边说："做一个皮下试验。"

等我从桌子旁转身走回到患者身旁，他已捋起袖子，露出结实粗壮的胳膊来。我让他把手掌攥起来，紧接着我开始在他胳膊上寻找清晰的血管，找到了，一根明显埋藏在细腻的皮肤底下的青色血管。

针尖在一瞬间扎进去了，我看见他的拳头攥得越来越紧，眼睛紧紧闭着。皮下试验针打好，要等 15 分钟才能知道能否打青霉素。我让他坐在诊室外面的座椅上，15 分钟后再回来。他走出诊室。外面没有患者，小董说她去趟洗手间，说完就把手套摘了下来，出了诊室。诊室里就剩下我一个人，我看了一眼钟，才 1 点 05 分，离下班的时间还有近 5 个小时，心里想着男朋友今天第一天上班不知怎么样呢。

那位等候在楼道里的做了皮下试验的男士走了进来，伸出胳膊让我看。我看见他胳膊上显露着一粒一粒的红斑，对他说："你没法打青霉素。"他说："那怎么办？"我说："你去问医生去？"他把袖子捋下，转身走出诊室。

小董上厕所还没有回来。有一个电话打来找她，我说她不在，等 10 分钟再打来，对方说好，就挂上了电话。5 分钟后小董回来了，我说刚才有一个电话找你。小董的眼睛立即露出兴奋的神色，说："谁？"我说："是个男的，他没说他是谁。我让他 10 分钟后打来，他说好。"我看见小董抬起头来看了一眼挂在墙上的钟。小董又将刚才脱掉的手套重新戴上，先是走进里屋，把柜门打开，翻找什么东西，随后，又关上柜门，走出来，手里什么东西也没有拿。这时，电话铃声响起，我看见小董匆匆转身走进里屋，在电话铃响起第四声时，一把抓起话筒，说了句"喂"，紧接着说了声"等一等"，然后对我说："找你的！"我走进里屋从小董手中接过电话，问了句："谁呀？"小董说："是你男朋友。"我接过电话，问了句："什么事？"他说："没有什么事。上午很忙，下午现在这会儿不忙，给你打一个电话。"我问他工作怎么样，他说："等回去后再说。"我说："今天是冬至，晚上吃饺子？"他说："包饺子太麻烦，在外面吃几个就行了。"我说："去什么地方吃？"他说："就在我们小区外的喜洋洋吃吧。"我说："喜洋洋的饺子馅不好吃……"他说："那你说去哪吃？"我说："去其他地方吃就是太远了。"他说："下班再说吧。"随后就挂了电话。

　　我走出里屋，看见小董给一位患者打完针后正将一次性的注射针管丢弃在垃圾箱里，患者在床边系裤腰带——裤子的拉链敞开着，露出里面雪青色的毛裤——并小声问了小董一句："什么时候再来打？"小董说："明天这个时候。"

说完就又走进里屋去了。我对正走进屋的小董说："今天是冬至。"小董说她都不记得了，刚才听我在电话里说起她才记起。

小董下午一直在等那个说要再打来的电话，可是电话始终没有再打来。小董整个下午都显得心不在焉的，在1个小时内问了我四次，每次问的问题不一样。一次问："那个人的声音是高是低？"我说："不高不低。"又一次是问："你给他说我去哪了？"我说："你出去10分钟就回来，没说你上厕所。"她又问："你说让他过10分钟打来，还是他说的他过10分钟再打来？"我说："是我说的。"她最后一次问的是："你没问他姓什么？"我说："我没有问。"小董和我一起下班走的，诊室的门是我锁的。我和小董在医院的大门口分手，小董向西走，我向东走。

那一天没有吃成饺子。我和男朋友说好在小区外面的喜洋洋餐厅见面，等到了餐厅看见等位的人很多，男朋友说不吃了，去吃面吧，我和男朋友就去了距离喜洋洋不到20米的拉面馆，每人吃了一碗面后回家了。

车间的窗户倾泻进来的光线越来越少，投射到地面上的光影由先前的长方形变为平行四边形。车间外的天空，光线突然黯淡了下来，围坐在车间西侧的十三个人的脸也由先前能清清楚楚看到各自的眉毛、鼻子，到现在需要放大瞳孔才能看清对方脸上的细部。那位发号施令者开口了，就在第三位陈述者说到她和男朋友吃完面回家去了的时候，在短暂的停顿之时，他开口了，对第二位陈述者说："把灯打开。"第二位陈述者起身走向车间的北门，找到控制电源的开关，用手指头把上面八个开关一个一个打开。

车间顶部，由东至西，一盏、两盏、三盏、四盏……八盏灯全部启亮，昏暗的车间立即显得明亮起来。像是舞台上的灯光在一瞬间启亮后，车间里每一个细小的道具都暴露在灯光之下，呈现在观众的眼前。车间的东侧，就是上午他们排练占用的地方，已被打扫得干干净净，工人们早已将装满垃圾的推车推走，只留下明显是被扫帚扫过的水泥地面。车间的东南角仍放置着车床、机床、冲床、吊车，以及螺旋似的自下而上的铁梯，车间的中央铺着六块长 6 米、宽 3 米的钢板，相互连在一起，钢板上没有放置任何东西。在车间的西南侧堆放着 1 立方米的钢管。车间的顶部是纵横交错的框架结构支撑着的角铁，围坐在下面的人显得与整个车间的空间不成比例，像是一堆被遗忘的东西。

围坐在车间西侧的是十二个人，另一位刚才起身去车间的北门开灯去了，此时正往西侧的人群走来。车间顶上的灯照射在行走者身上，随着他步伐的移动，他身上形成的有时是顶光，有时是侧光，有时是逆光，直到走到他刚才坐的位置，照射在他身体以及头顶上的光才固定住。围坐在一起的十三个人，此时，在顶部灯光的照射下，每人受光的角度不一样，有人脸上的光线充足，有人脸上的光线暗淡，有人头顶上受光强烈，有人背部受光面大。发号施令者的脸被阴影覆盖着，只能凭借远处的散射光，看见他的双眼正一眨一眨地闪动着。发号施令者在听第一位到第三位陈述者叙述时已抽完一盒烟，此时，正将那一个瘪着的烟盒揉成一团，扔在他的膝盖下面。他问坐在他旁边的一位："有烟没有？"那人立即从自己的口袋里掏出一盒已抽剩下一半的烟，取出一支递给他。

发号施令者开始抽烟，同时也开始说话。他在说之前，先将嘴里的烟取出，说："你们都没有演过戏，也没有受过正规的演员训练，这些对我们这出戏来说都不重要。你们每个人的形体、肢体形成的语言是我所需要的，我希望你们的脑子里不要有以前了解或看到过的戏，那些都不是我所需要的，也不是我所感兴趣的。希望你们忘掉该忘掉的，叙述该叙述的。"最后又补充，"我需要的是一种专注。"

发号施令者说完话后，又接着抽烟。刚才在他说话之时，香烟自己慢慢地燃烧掉了一部分，烟灰随着他手臂的移动掉落在他的膝盖上，他没有理会，或者说他没有看见。他抽了一口烟，望着刚才被打断的第三位陈述者，暗示她可以开始，继续叙述。

　　第三位陈述者又接着说。我和男朋友一起吃完面条，沿着小区的小街往家走去，在路过一处点着灯的水果摊时，我对男朋友说我要吃点橘子。我们两个又走回水果摊。水果摊主看见我们俩走来，问了句："要吃点什么？"随后唰的一声，从旁边一根用以支撑水果摊棚子的柱子上拽下一个塑料袋，拿在手上，等候着我和男朋友开口，好随时行动。我说："橘子多少钱一斤？"摊主说："五块钱两斤。"我说："来一斤。"摊主立即将手伸进一筐金黄色的橘子里，抓起一把、两把放进塑料袋里，然后又将装着橘子的塑料袋放在秤上，瞥了秤一眼，说："刚好一斤，两块五。"男朋友付了钱，摊主把装着橘子的塑料袋递给我。

　　我和男朋友继续往我们住的楼走去，男朋友的左手搭在我的右肩膀上，我们并排走着，走到楼道时，我看见一楼101门，对男朋友说："居委会的大妈让我们填人口普查的登记表。"男朋友没有吱声。接着我走在前面，他走在后面，上了六楼，我打开门锁，两人进了屋子。

屋里的温度要比室外的温度高，我们两个进门的第一件事就是脱掉外衣，换上拖鞋。男朋友和我走到客厅，坐在沙发上，我把手中提着的橘子放在桌上，他开始抽烟，我开始剥橘子吃。电视机被我用遥控器打开。我将一只剥开的橘子掰出一半递到他的嘴边，他躲开了，嘴里说着不吃不吃。我把递给他的那一半塞进自己的嘴里，并开始用遥控器不停地更换电视频道，最后停在了一个画面上。我和男朋友开始说话，我问："你今天上班怎么样？"他说："一般。"他说他还是要继续找工作，尽快离开这家单位，我没有吭声，将目光放在电视机的屏幕上。

那一晚，我坐在沙发上看电视看到11点半才起身去洗脸、刷牙。客厅的小茶几上留有一堆剥开的橘子皮，散落在茶几的一角，摆放在茶几上的仿水晶玻璃烟灰缸中有七个男朋友抽烟遗留下的烟头。

我刷完牙后才想起还没有填人口普查的登记表，从包里取出两张对折的登记表，走到客厅，坐在桌前开始填写，并将男朋友的表格也一起填了，询问了他的出生日期。男朋友这时已经上床了，并催促着我填完上床。我是11点56分上床的。

这时，围坐成一圈的十二个人，都盯着不再叙述的第三位陈述者的眼睛，十三个人都沉默着，发号施令者冲着第三位陈述者说："完了？"她说："完了。"发号施令者手中的烟已燃至接近尾部，他将所剩不多的烟屁股放进嘴里吸了一口，才从嘴里拔出，扔在地上。

第四位陈述者开始陈述：

我记得那天早上9点半才起床，还是被一阵敲门声给惊醒的。开始我还以为是做梦，直到敲门声越来越响，我才睁开了眼睛，没有穿鞋，踩着冰凉的地板走到门前。敲门声仍在持续着，我将眼睛凑到锁眼一看，只见一位六十几岁的白发老头正不停地敲着门。我问了一句："什么事？"他咆哮着说："你屋里的水流到我底下房间里去了！"我扭头望了一眼厨房，发现了一摊积水，又扭过头对他说："不好意思，我马上把水清干净。"那位老头怒气冲冲地走了，我是先听见了他的脚步声，随后才从锁眼看向门外，门外除了一堵灰白色的墙，什么都没有了。

清理厨房的积水是用塑料簸箕一次一次把地砖上面的水铲起，倒进水池里，反复持续了十八遍才铲得差不多的。在重复这个动作的过程中，我在想这摊水是从哪里来的。我看到了洗衣机的出水管没有插到下水管道里，问题就出在这儿。昨晚洗衣服时一直在看电视，忘记将洗衣机的出水管插进下水管道里，致使洗衣机里面的水流到了厨房的地上，然后又渗到楼下那户人家的厨房。余下的水用簸箕铲不起来了，我就改用报纸，把废报纸铺在厨房的地上吸干水，将厨房的水清干净使用了二十三张报纸。那是我搬进这间屋的第一个星期，我记得很清楚。清理完厨房的积水已是中午 10 点 45 分，我才开始洗脸、刷牙，并将一纸盒牛奶放进微波炉里加温了 3 分钟取出，倒进一个玻璃杯里，坐在客厅边喝着牛奶，边想着今天怎么过，干什么，去哪里。

这间一居室的房子是我通过一家中介公司租赁到的，房东在这间房里留有一张床、一张桌子、一个半截柜、一个大立柜。电冰箱是我自己买的一个旧的，海尔的。洗衣机是房东的，是小天鹅的，灰绿色的。微波炉是房东的，是 LG 的。这间一居室的房据中介介绍说有 34 平方米，厕所、厨房都很小，算是有一个客厅。是七十年代建造的简易楼房。

那一天，我从外地到这座城市还不满两个星期。喝完牛奶已经是 11 点钟了，一天中的半天就要过去了。我开始穿衣服。我站在大衣柜前将几件衣服反复照着镜子比对着，很难做出决定，最后穿了一件半短式大衣，配上一件牛仔裤、一双半高帮的黑靴子，背一个黑牛皮包出了门。

沿着楼梯走下去时，我还没有想好要去哪里，是去商场，还是去报亭买报纸查找招聘的消息？还是给其他在这座城市工作的老乡打电话？或是去什么地方先吃午饭？都没有决定下来。楼道里到处摆放着木板、硬纸盒、玻璃块、空的啤酒瓶、成捆的旧报纸，出了楼道，就是大街，沿着街道走50米是一座人行过街天桥。我站在过街天桥上看着从街道的两个方向不断驶来的各种机动车辆。当时天桥上站着几个个头不高、穿着单薄的男人，年龄在三十左右，他们并排站在天桥的一侧，有的手插在裤兜里，有的将胳膊肘搭在天桥的护栏上，呆呆地望着同一个方向。我从他们身旁走过，沿着天桥的步梯走到我住的楼对面的人行道上，到了一家超市。

我先走到洗浴洗发液货架，取了一瓶海飞丝洗发液，然后，又到食品货架，取了一包五袋装的统一牛肉方便面，最后到收银台。四个收银台前都有十来个人，手里提着购物筐，等候着结账。我跟随着站在我前面的一位男士走到距离收银台不到2米的位置，下意识地摸了一下自己包里的钱包，钱包不见了！我立即又重新摸了一遍，还是没有。我仔细想了想今天出门时是否将钱包放进包里。昨晚在楼下的小卖部买完洗衣粉，付了三块六毛钱，我从钱包里取出一张十块递给小铺的老板，他找了我六块四毛钱，我把找的钱放回到钱包，手里提着装着洗衣粉的塑料袋，上了楼，之后就没有出家门，到家后也没有将钱包取出来，今天出门前钱包肯定在皮包里。

　　我又一次将皮包仔细翻找了一遍，还是没有。这时站在我前面的那位男士正在将他筐里的商品一件一件拿出，摆放在收银台前的黑色橡胶垫上。我对正在扫描物品上的条形码的女收银员说："对不起，我的钱包丢了。"说完将我手上拿着的购物筐递给她。正在前面的那位男士，以及站在身后的一位女士，还有站在身后的其他等待结账的顾客都不约而同地把目光移到我身上。那位女收银员对站在她身后的一位身穿灰色制服的保安说："有顾客把钱包丢了。"

　　我随着保安走向超市二楼的管理科，一进门，看见十六台闭路监控录像机正将超市里的各个角落、货架、拐角摄录在电视屏幕上。那位带我上楼的保安对一位正在电视屏幕前喝茶的男士说了句："科长！这位顾客把钱包丢了。"那位正在喝茶、脸上疙里疙瘩的科长把头转向我，此前他的脸正对着另一位身穿保安制服的男子。他问了我一句："什么时候发现丢的？"我说："就在5分钟前，我正准备结账时，一摸皮包，钱包没了。"保卫科长没有起身，只是将坐在转椅上的身子转到我站立的方向，并对着我说："坐下。"我按他的指示坐在他对面的一张椅子上，在他的身后是十六台黑白监控闭路电视，电视里面的人，有的正将货架上的食品取下来看上面的说明，有的正将一盒化妆品打开，用鼻子嗅嗅闻闻味道如何，有的正将手中的物品放进推车里，有的正沿着货架与货架之间长长的走道推车走着，有几个人围在一起，先后从一个货架上取下一双一双袜子……保卫科长问我：

"你买了什么？都在什么地方逛了？"我说："买了洗发液还有方便面，就在洗浴区和食品区逛了一会儿，前后不到15分钟，到收银台就发现钱包没了。"

保卫科长又随着转椅转了180度，面对着十六台监控录像，对坐在一边的保安说："调出半小时前的录像。"我看到三台电视机的屏幕上迅速倒放着，倒至半小时前停了下来，电视屏幕上显示着当时的时间。那位保卫科长将目光紧紧钉在电视屏幕上，寻找着我的身影。电视中的画面一帧一帧地走着，仍没有看到我出现在画面中。一分钟后，我出现了。只见画面中的我，手里拿着一个购物筐，正跟随着前面几位顾客向前走着。穿过超市的大厅，我先是走到通往超市的入口，站在一个堆满洗涤灵的货架前，向左右看了看，然后，走向右侧的第二排货架。我先拿起一瓶浴液，仔细看了一看，又把浴液放回到原来的位置，继续往前走。货架走道里有人推着满载物品的车向我这边走来，在我身后也有几位顾客正拿着购物筐边看边走。我走到货架的中央，随手拿起力士洗浴液看了看，放回。这时，站在我前面的一位男士手里拿着购物筐，将我的去路挡住，我只好绕过他，向另一边走。这时，一高一矮两位男士，其中一位推着车，另一位空着手，跟随着往前走，并不时地把货架上的浴液、护发素、洗发液放进推车里，几乎是不加犹豫地把货品放进推车里。

由于那位男士挡在货架走道的一侧，从两边来往的购物者都得绕到另一侧行走，造成货架与货架之间的通道不是很畅通，我和其他几位顾客在另一侧的通道上相互拥挤地走着。我停下脚步，看见货架上的一瓶洗发液，随手取下看了看，被从后面走来的一位男士撞了一下，我回过身，那位男士说了声对不起。从画面上看，在我前面以及侧面当时都有顾客。我将拿在手上的海飞丝洗发液放进筐里，继续往前走。这时，那位保卫科长让操作监控录像的保安停在刚才的那个画面上，并让他一帧帧慢放。在监控录像的慢放中，我看见在我被人撞了的一瞬间，我侧面的那位男士手上有一个迅速伸进我皮包里然后收回来的动作，从画面上看不到 2 秒钟，随后，刚才挡在另一侧的那位推车男子立即从货架底层起身，并与刚才站在我侧边的那位男子肩碰了一下肩，各自向不同方向走去。原来阻塞的走道开始畅通了。保卫科长立即对站着和坐着的保安说："就抓这三个人。"说完起身用手指着电视机屏幕中的三个男子。我们一起离开了二楼管理科，保卫科长随后边走边用手中的无线步话机向其他几位保安传达指令，让所有保安在超市出口集合，说完，快步走下一层。

超市的一层大门口聚集着十三名保安，都穿统一的灰色制服。科长对刚才在二楼监控室的两位保安说："那三个人的相貌特征记清楚了吗？"两位点点头，科长说："那好，你们两个和其他四位站在门口把守，看见嫌疑人立即动手擒拿。"

科长又问站在身后的我："能不能记住刚才在二楼监控录像上看到的三位可疑男子？"我说："可以。""那好。"科长说，"其他四位跟随这位小姐去超市的南侧，剩下的跟我到北侧搜寻。"

在超市搜寻小偷的工作开始了。我带领着四个个头比我高的保安在一个又一个货架通道上寻找，直到我和保卫科长及其所带领的三位保安会合在超市中央的卖罐头食品的货架通道上，仍没有找到那三个可疑人员。科长分析说："可能这三个小偷得手后为了争取时间逃走，没有从收银台前的通道出去，而是直接将刚才挑选的货物弃了，从另一侧通往出口的走道出去。"

保卫科长随后带领七位保安走到出口，站在大门口的六位保安都说没有看到三位嫌疑人。随后我跟随保卫科长又回到了二层监控录像室，科长带着一名保安对我做了一个笔录，记录了我的姓名，年龄，籍贯，在几点几分和谁在一起，当时在超市买了什么东西，先买什么，后买什么，当时有没有发现什么可疑人员，可疑的人员有几位，背的什么包，包的质地、颜色是什么，包里当时还装有什么东西，在什么时候发现钱包没有了，最后一次看到钱包的时间、地点，今天到超市来前先去了哪些地方，怎么去的，是坐公交车还是骑自行车，钱包里面有什么东西、多少钱，有无任何证件。那位做笔录的保安写完后，先交给坐在一旁的保卫科长过目。他将三页纸的记录一页一页看完，随后递给坐在椅子上的我，对我说："看看有什么遗漏的没有？没有的话，签上你的名字，写下你的联系方式。"

我看见在记录的第一行写着"我保证以下所说的话都是

事实"，随后就是我刚才所回答的那位保安的问话。看到第三页最末一行的下面时，那位保卫科长将一支钢笔递给我，说："在这签上你的姓名。"随后，那位保安将一个红色的印盒打开，对我说："在每一页的右侧边沿摁上你的手印。"又说："食指。"笔录工作完成，科长问我有什么要求，我说："没有，能找到钱包抓到小偷最好。"科长说："我们会加紧做的。"

我从超市出来已是下午2点，午饭还没有吃，钱包丢了，只好先回家。我又从原路返家，上了楼，打开房门，第一件事就是在屋里的各个抽屉里、衣服的兜里、沙发底下、床底下、洗衣机里、桌子上寻找，看有没有钱包。没有。随后我又想起来要去银行办理挂失。我先打电话口头挂失，银行说我的信用卡今天到现在为止还没有人取过钱，先给我冻结起来，让我立即前去银行办理挂失。

3点20分到中国银行六里屯营业部办理完挂失，取了三百块钱，到斜对面的马兰拉面馆吃了一碗牛肉面。随后，在路上的一个报亭买了一份当日的晚报，回到家里给一个老乡打了一个电话，说起了丢钱包的事，电话打了半个小时。

第四位陈述者说到这时，看到围坐成一圈的人中有五位都突然将头扭向一侧，是向着车间北门的那一侧，第四位陈述者的身后。随后第四位陈述者也把头转向那一侧，那位发号施令者，也将目光转到车间北侧的门口。

车间北侧门口，站着手持电筒的两位厂区保安，远远地望着这一群围坐在一起的人，没有吱声，大约一分钟后，这两位保安又转身出去了。

那位发号施令者对大伙说："接着听。"第四位陈述者又开始说了：

那天下午我回到屋里就再没有出去，只希望晚上能有人给我打电话，约我出去吃饭、聊天，但没有，直到夜幕降临。我看着天空黑下来，听见楼道里有人在不停地走动。我看了一眼手机上的时间，6点45分，心想不会有人打电话找我吃饭了，就自己走到电冰箱前，打开柜门，看着冰箱里有一瓶豆腐乳、一罐梅林午餐肉、一包龙须面，以及一瓶老干妈辣椒酱。

我开始动手做面条。小锅里盛一半凉水，放在煤气灶上加热，然后，再将午餐肉打开，用刀切成小块。5分钟后，水开了，我将龙须面的一半放入锅中，随后将午餐肉放入锅里，面条在3分钟后煮好了。

我是边看电视，边就着老干妈辣椒酱以及豆腐乳吃完的晚饭。吃完晚饭后，我一直坐在沙发上看电视，先看了一集《东边日出西边雨》，再转台看了半集《黑冰》，随后又转台看了1小时《欢乐总动员》、半小时《实话实说》、1小时《艺术人生》，12点半看的是《半边天》栏目，1点钟关的电视机。我上床后打开台灯，躺在床上看买回来的晚报，晚报的头一页大标题是"今日五环路全线开通"，在第二页的新闻栏里刊登了一则消息，说是"今早在本市某小区的居民楼发生一起死亡事件，死者是一名女性，年龄、身份、籍贯不详，是从小区的一栋高层楼坠落而死。警察正在全力侦破此案"。我是1点26分熄灯睡觉的，我入睡的时间应该在1点半左右，我的叙述完了。第四位陈述者讲到这，望着那位发号施令者，只见他沉默不语。

在傍晚时分，三个自称是工厂保卫处的人走进车间，将眼睛盯在围坐成一圈的十三个人身上。其中一个矮矮胖胖的中年男子走在最前面，其他两位紧跟在后面，走到了围成一圈的十三个人身旁。矮个子的保卫处男子说："你们谁是负责人？"那位发号施令者，这时，站起身来，与保卫处的矮胖子对视了一下，说："是我。"矮个子伸出一只手指头，指着回答是负责人的发号施令者说："你过来一下。"

那位发号施令者走出围成一圈的人，走到了三个保卫处的人身旁，注视着矮个子，等待着他的问话。矮个子先将叼在嘴里的烟吸了一口，两只眼睛盯在脚前面的水泥地上，慢声细语地说："谁让你们在这里排练？"发号施令者说："是工厂宣传部的吴干事。"矮个子从鼻子里哼出一声后说："吴干事说了不算，所有外人到厂里一律都要经过厂保卫处的批准。你们立即离开这里。"那位发号施令者还要解释，三个保卫处的人已转身往车间大门口方向走去。

发号施令者回到围坐成一圈的人当中，说："先暂时排练到这里，什么时候排练等候通知。"说完十二个坐着的人起身往车间门口走去。

车间里又陷入了一片寂静，没有人声、咳嗽声，以及讲述发生在某一天的生活的声音。车间外面的路灯发出昏暗的橙黄色的光，十三个人浓重的背影沿着小路向工厂大门方向走去。

剧 场

　　演出场所联系了一处，是在一条胡同的尽头，一座很久没有人使用了的剧场。剧场大门口的铁栅栏生锈了，只能看见现在还残留着一些的暗红色油漆。从小铁门进入剧场，再沿着水泥台阶上七级，就到了一个通往剧场大门的平台。剧场的大门是由八扇木门组成，木门的中心是镶嵌在木框里的1寸厚的玻璃。进入剧场大门，首先看到的是一堵长10米、高3米的墙，墙上贴有大大小小的演出海报、剧照、留言条。墙的左侧，也就是剧场一进门的左侧，是通往洗手间的一条走道。走道里没有灯，吊在顶部的灯罩已经脱落了一半，被一颗螺丝连接着悬在空中，经过走道去往洗手间时能看见吸顶灯裸露在外面，那只脱落了一半的灯罩随时都有可能掉下来，砸在经过的人的头上，或者，掉在由于年久而发亮的水泥地上。洗手间里隔挡在马桶前面的门都没有了，走进洗手间一眼就能看见四个马桶一个挨一个地排列在洗手间的西侧，与东侧的一个长6米、高1.5米的马赛克小便池相对应。站在20厘米高的小便池上，身高在1.7米以上的人都可以看见窗户外面一座灰色的三层简易楼房，以及楼房外面已没有树叶的树枝。与男厕所相隔不到3米的是女厕所，女厕所的门上清楚地写着一个"女"字，与半开着大门的男厕所不同的是，女厕所的大门紧紧关闭着。男女厕所里都没有人。有几个人从剧场大门走进来，说话的声音通过墙壁的回音断断续续、隐隐约约地传来。

沿着剧场侧面的一条道走到底，可以看见上面写着"演职人员休息室"的两扇并列的土黄色门，门中央镶嵌着一整块大玻璃，玻璃的后面被带褶皱的米色纱帘遮挡着，从门外面看不见休息室的里面，只能看见一对发亮的黄铜门把手，异常惹人注目。在演职人员休息室的右侧，是一扇通往剧场前台的门，从那里走进剧场，首先看到的是一排排红色的椅子，依次从舞台前由低到高向后排列着。

沿着通往剧场大门的大厅向左右两边的楼梯上去，就可以俯瞰舞台中央灯光集中的区域。站立在舞台中央的两位男子，面容由于被来自顶部的聚光灯所照射，已显不出原来的肤色，只能看到眼部的浓重阴影，以及脖颈部位与他们所穿灰色衣服形成反差的黑影。悬浮在舞台灯光区域的尘埃在自由浮动着。从二楼的包厢里可以清楚地看见那两个站立在舞台中央的男人嘴角在嗫嚅，其中一位，就是在舞台左侧的那位男子，嘴角泛起一块有黄豆般大的唾沫，不知是他有意还是无意中流露出来的。舞台上没有任何道具，从剧场的任何一张座椅看向舞台都看不出舞台上所表示的场景、时空，任何背景。

要是不注意看，或者，不将瞳孔放大，是不易发觉有一个人，一个女人躺在舞台靠后面的位置的。这个女人的头冲着舞台的左侧，也就是说身体躺倒的姿势与舞台背景相平行。从观众席上看不出她留的什么发型，以及她身材、五官如眼睛大小、嘴和鼻子的任何特征，只能隐隐约约看见是一个女人，躺倒在舞台背景的纵深处。四个身穿白大褂的男人依次从舞台的右侧缓缓走向舞台的中央，与站立在中央的两个身穿灰色衣服的男人并排，但相隔有2米的间距。这四个身穿白大褂的人，面无表情，或者说表情呆滞，目光都集中在舞台的正前方，也就是观众席的位置，从他们的眼神中可以看出，他们是在寻找，或者说是努力在观众席中发现什么。舞台陷入一片寂静，观众的目光与舞台上正在往下张望的四个男人的目光交汇在一起。

一个身材高大的男人，从舞台的左侧推出一辆上面覆盖着一条白色单子的推车，停放在四个穿白大褂的男子的旁边，1米的距离。那个个子高大的男人站在推车的旁边，目光直视舞台的正前方。此时，舞台上与舞台下形成相持状，也就是通常所说的对峙。从观众席上发出的信息，是，舞台上到底要发生什么？他们七个男人，有高、有矮、有瘦、有胖、有秃头、有长发，还有一个身似女人的形体躺倒在舞台的暗部，观众要是不放大瞳孔是不易察觉到的。他们在舞台上到底要干什么？

剧场里的声音最先还是由观众席上发出的，是一位观众猫腰起身，想要沿着长长的座椅走道往外走，在屁股离开座椅时，瞬间所发出的一声反弹的声响，虽然不大，但在此时，在观众与演员相对峙的时刻发出，尤其引人注意。或许，由于他自己都没有料到这一声响声，他的腰弯曲的幅度比刚才起身时更大了一些，行走在椅子与椅子之间细窄的走道上的速度也更快了。可以想象，他希望大家——演员和观众，都不要在此时把注意力放在他的身上，他只希望尽快从剧场消失。

这位观众离席不到 20 秒钟，从舞台的右侧走出来一位戴眼镜的男士，嘴里不时地说着一种方言，讲述着一件发生了、他随后又说没有发生、又说发生了但他没有记清楚的事。他又说也许是他做了一场梦，也许是他听别人说的，总之他确实记不清楚了。就是地点、场景，他也无法说清楚，他只记得在一间屋子里，他站立在一个石槽的一角，眼睛盯着石槽里的清水，不一会儿一个人从石槽的另一角微笑着出来，面朝着天，站在他身后的一群人，他都认识，有名有姓，年龄具体，相貌特征明显，表情一闪而过，随后都消失而去。留下了一个场景。他说他早上一醒来睁开眼睛，阳光就从窗户外面直射进来，说着用手做了一个阳光刺眼的假动作以示观众。

所有的观众都被这个站在舞台上的戴眼镜的男子的自言自语所吸引。从剧院的二楼可以清楚地看到刚才起身离去的那位观众身后遗留下的一张椅背竖立、没有人坐在上面的空椅子，周围，与那张椅背竖立的空椅子相邻的都是坐在椅子上，看不清楚所穿衣服的颜色、款式、大小的男女观众，他们的目光都聚焦在舞台上所发生的一切，动作、声音、眼神……随时，不知道何时，就有一位走上舞台的演员，或者，一位、两位、几位突然走下舞台的演员，还有，从观众席上起身走向舞台的说不清楚是观众还是演员的人。这些都是由那位发号施令者指示、授意的。

在剧场外大厅昏暗的走道上，一位身穿毛衣的中年男子正将刚刚抽了一口的香烟从嘴里拿下，烟雾从他的嘴里向四处扩散。从他站立的位置向被照射着的演出海报望去，只能看到海报的五分之一不到，看不清楚海报的具体内容、细节以及演出人员表，就是连印在海报上部最醒目的几个大字也看不清楚，这都是他所站立处的角度造成的。要是他，向大厅正面走两步，或者，向他正前方的一堵灰白色的墙再跨越一步，再把目光重新定在演出海报上，就能看到海报的具体细节：从左到右依次排列的第一号主演、第二号主演、第三号主演……剧照、灯光、美术、制景、编剧、导演、制作人，还可以看到印刷在上面的有关此剧的简介、海报的尺寸、设计的风格以及颜色。但他没有这样做，也就是没有向比他此时所站的位置要明亮的海报的方向走两步，也没有往他所站处正前方的墙壁跨一步，而是，站立在原地，不断重复着右手上的动作——将夹在右手第一和第二指头间的一支香烟，从身体下部接近裤兜的部位抬起，至头部嘴上的位置，嘴张开后，吸一口烟，再将烟从嘴里取出来，放到裤兜位置，重复，再重复。他的目光被正面的灰墙所吸引，眼睛没有被他所站位置左右的其他东西——光线、摆放在距离他 5 米远处的一个电镀的垃圾桶，以及他头顶上的四方连续对称型的花纹所吸引。他的背后，就是只隔了一堵墙的里面，此时，此刻，正在上演着一出戏剧，是莎士比亚的《哈姆莱特》。他现在虽然站在与剧场一墙之隔的走道里，背部冲着剧场，但仍能隐约听到发自舞台的不知是哪位演员的叫喊、拉扯、奔跑声，以及偶尔碰倒什么道具的声响。这一切与他无关，与他站立在墙壁面前抽烟的姿势，无关。那是发生在剧场内、现场的声音。他此时站在与剧场一墙之隔的走道上，与剧场内正在演出、发生的一切——声音，台词，动作，观看，眨眼，挪屁股，进出舞台左侧、右侧的演员都无关。他是不在现场的一位。没有看见正在发生或者将要发生的一切与演出有关或无关的事情，正像他无法想象此时每位坐在观众席上的观众脑子里想的是什么，是一个在脑子里反复演练了无数遍的报复、谋杀场景，是一个精心设计，并一步步按部就班地实施的引诱计划，是一次有针对性、有具体形象如年龄、身材、五官、体味的意淫，或者是一种触景生情的幻想，还是一种可以隐藏在昏暗灯光下的共谋的气息与快感。

他手中的那支烟抽完了。他从嘴里拔出烟后，不假思索地扔在脚底下，用脚碾了碾。红色的烟头迅速被踩灭了，不到1寸的烟头被踩得扁平，几乎与大理石地面平行地贴在一起，浮在上面的厚度不到1毫米。从他所站的位置听不见剧场里有任何动静。说话声没有了。走动声没有了。音乐声没有了。

他身后的门在一瞬间被打开了，先是走出一个人，紧接着是几个，然后是一个接一个的人从他身后的门走出来，沿着走道向剧场的大厅方向走去，其中有几位向另一侧，也就是洗手间方向走去。

剧场的观众席在刹那间变为空无一人，只留下刚刚离去的观众的体温。所有座椅的椅背都直立着，暗红色的椅背、坐垫都呈现出一种单调的姿势，毫无差别地排列着。几个身穿工作服的人正站在舞台上将吊在顶上的灯降下、拆卸，一位工人正将手中的电线缠绕在他的胳膊肘上，另一位正将灯装进一个长2米、宽1.5米的暗绿色木箱子里，还有一位正将悬挂在舞台背景后面的幕布缓缓降下。舞台上放置着三个木箱子，木箱子的一侧都写着番号，同时用醒目的白色油漆注明是灯或者是电线或者是幕布以及道具。舞台上的东西渐渐稀少，只剩下由一块长20米、深15米的木板搭建的舞台，以及，分别悬挂在舞台左右两侧的共四块暗红色的绒帷幕。

先是一位工人从舞台上走下，两只手戴着淡米色的线手套，左手握着一把改锥，从剧场的一扇侧门出去。其他三位工人，一位站在舞台的边沿上，正将一个木箱子往边沿推，两位工人一前一后跳下舞台，几乎是同时伸出各自的双手，将舞台上的大木箱子拽住，然后一起用力将它抬下舞台。那位刚才站在舞台上的工人又迅速转身，走向正中央，接着将另一只木箱子用双手推向舞台的边沿。站在舞台下的两位工人，正在交头接耳说什么，看见迎面而来的大木箱子近在眼前，都停止了话语，将各自的双手再一次搭在木箱子上，用力将它抬下，放在刚才那只木箱子的上面，摞在一起。

舞台上仍留有一只箱子，放置在舞台的左侧，一半被帷幕遮挡住，另一半露在舞台上。那位站在舞台上的工人再一次走向左侧，在木箱旁停止脚步，这次，他手上使的力没能使木箱动弹。他将目光转向站在舞台下的两位同伴，其中一位正看着另一位说着什么，另一位的目光在无意中与站在舞台上木箱旁的工人交汇在一起，明白了他的意思，也没有与站在身旁的同伴说一声，就迅速走向通往舞台的步梯。

现在，舞台的左侧有两位工人，一起将一只墨绿色的箱子推向舞台的边沿，木箱与木质的舞台地板摩擦发出的声音打破了剧场的宁静。也许，是木质箱子的底部有金属物，比如钉子，或者，钢皮条之类的东西，与地板摩擦发出一阵断断续续的刺耳声音。站在舞台底下的那位工人做出要迅速走上舞台的动作，但，立即被正在用力推箱的一位工人制止，他对他说："不用上来了。"

　　在木箱被推到舞台的边沿时，刺耳的声响也停止了。站在舞台底下的那位工人，突然问了一句，谁谁谁去哪了？他问的就是刚才匆匆从舞台上走下来，手上还戴着线手套，手里拿着改锥的那位同伴。三个人，都把目光放在刚才他走出去的那扇通往走道的门。门，紧紧闭着，也听不到走道里有任何动静。三个人的目光在一瞬间静止了，凝固住了似的，在等待着什么。在他们三位身旁放置着三个大木箱，其中两个摞在一起，另一个还在舞台的边沿，等待着被往下搬。站在舞台上面的一位催促另一位往下搬，三个人开始合力将比刚才两只木箱子沉重得多的箱子放在了已摞在一起的两只箱子之上。

　　舞台上的东西都没有了。站在舞台上的其中一位又返身，走向舞台的纵深处，左右看了看，确认没有遗留下什么东西，与另一位前后走下舞台。

　　刚才那位走出剧场的工人从左侧门进来了，手里仍旧拿着那把改锥，但是先前戴在他左右两只手上的线手套没有再戴着。他直接走到摆放在舞台下面的三个木箱子旁，只对三个人说了一声"来了"，随后，四个人每人伸出一只手搭在木箱子的一角，合力将木箱子抬起，走向剧场左侧的门，沿着走道向着剧场的大门口走去。

一辆小型货车停在了剧场铁栏杆大门的外面，一个留着小胡子的中年矮个子男人正站在被打开的货车后门边抽烟。四个工人弯着腰将一只木箱子从剧场大厅刺眼的灯光下沿着台阶一步一步往下抬向货车。先前明显可以看出的四个人的脸型、服装以及箱子的颜色正随着四个人走下台阶，变得不明显起来，走到铁栏杆前时，只能凭借剧场大厅的散射灯光看见他们四个人的大体轮廓。货车司机看见他们抬着箱子走近货车，往后退了一步，空出足以让他们将木箱子抬上车的空间，在往后退时手里的烟头仍噙在嘴里。四个人咣当一声将木箱子放在了货车上，随后，两位工人一前一后爬上货车，一个拉一个推地将木箱子移到货车的里面。

舞台下，两只墨绿色的木箱子摞在一起，只有剧场顶部的一盏灯照射在它们的上面。也许是灯光色温的缘故，也许是照明不足的原由，照射在木箱子上的灯光颜色，与刚才剧场舞台上的灯光颜色不同。

四个人从一扇门进来，径直走到摞在一起的两个箱子旁，合力抬起一只箱子，走出刚才进来的那扇门。剧场里只剩下一只木箱子，放在距离舞台不到 1 米的地方，舞台顶部亮着的一盏照明灯使舞台侧面形成阴影，覆盖在木箱子的一角。四个人又一次从刚才出去的那扇门依次进来，走向木箱，抬起，走向那扇刚才进来的门，出去。

1分钟后，舞台上那盏灯熄灭了。剧场内陷入一片黑暗。

零度
空间

封岩

著

目　录

子 弹

啪、啪、啪，这三枪将他打得死死的。

　　他甚至还没有笑完就翻了白眼。

　　他对自己躺倒的姿势似乎有些不满意，又挪动了几寸方才松了口气。

　　他总是提着一口气，走在各条道上，从不降低对自己风度的要求，尤其是在女孩子，或者说在"漂亮得让他心动的"女孩面前，他会更加集中注意力，把风度一点一点毫无保留地表现出来。

　　漫长的聚会散场后，他总会大松一口气。这时的他，在洗手间里解完手后，一手刚刚提起裤子，一手启动按钮冲完马桶，还没来得及洗手就从镜中瞥了自己一眼——像一个泄了气的皮球，毫无仪表可言。他很不满意此时的自己，但又纵容自己稍稍休息片刻，只一小会会儿，或许又要再全副武装起来，走向战场。

就在子弹进入大脑的 1/10000 秒前他还调整了一下姿势，好让子弹射入的角度与光线从远处看有一种悲壮感。他很在意，发自内心地在意周遭的一切反应：感叹声、嘘声、喝彩声，无动于衷的表情、按捺不住的表情、冷眼、白眼……他都在意，他怀疑这周围任何一点细微的声音都是对他即将消失在这个世界的总结与评价。

在躺倒的过程中，他努力放慢速度，好让这看起来像电影的慢动作一般诗意。虽然，在放慢动作时显得有些不大协调，可他还是往想象中的情景去靠，这点在他还有一点清醒意识时，是会竭尽全力去做的。在倒下去的一瞬间，他还用右手去掏上衣袋里的黑色墨镜，戴在脸上。他想象自己戴着黑色墨镜，躺在布鲁克林大桥下面的这一片空旷中，场面庄严神圣得像个祭坛。

对于子弹触到太阳穴时，那一点痒痒热热的针灼感，他不太满意，这不是他所喜欢的感觉。他有些生气，不能原谅把这颗子弹送入他头里的那个鸟人——太不够意思了，平时还有说有笑，时不时还打个电话客气客气，噢！到这关键时刻就显得不够意思了。他对他瞬间有了一个不高的评价，几分蔑视藏不住地从神态里流露出来。

子弹进入皮肤的那一刻，他的第一反应是这个射入角度从正面、从全景看，是不是会让人有些错觉，误认为是一粒花生米粘在了他的太阳穴上？他希望的角度不是这个，而是从正面、全景看上去子弹与他的面颊呈 90 度，不是 83.65 度。他瞥了一眼发射子弹的那个人，心想："他妈的，连个最佳角度都不给……操！"

牢骚归牢骚，这角度已没法改变，是从 83.65 度射入的，弹道已无法重新更改，只好默认了，不默认也没有办法。

在子弹进入太阳穴 0.65 毫米时，他感到烫，像无意中触到了高温的电炉，这让他有些烦躁起来。这不是他所要的温度，理想的温度是 37.2 摄氏度，这点他很清楚，可是也没有办法。

这时的光线有点暗淡了，也没有人来调整光源、加足灯光，就任凭光线暗淡下去。"处决得太不负责任！"他感到恼怒和无奈，"都他妈的死到临头了，还不给面子！"

他心里想着，要是在远处能有些淡淡的烟雾，天色再灰些，再有些细雨蒙蒙，多好！

想归想，子弹还是 0.1 毫米 0.1 毫米地进入他的太阳穴。在子弹进入太阳穴 0.96 毫米时，他的神经开始紧张起来，像钻牙机的钻头钻到牙神经似的让他难耐。他首先想到的是自己此时此刻的表情，怎能原谅自己以这种表情暴露在大庭广众之下？这会使他曾经的风度大打折扣，降低人们对他的总印象分的。

在子弹进入 0.99 毫米时，紧张和恐惧感突然消失，他露出有些放松的表情，虽然只是一瞬间。很快他就反应过来这点变化可能会让人察觉：会不会让观看的人感到平淡，也就是不够悲壮？他本能地想调整一下自己的表情，却发现无能为力，调整失灵了。都是这个金黄色的、前面圆圆的、带金属质感的家伙破坏的。他用余光看了一眼已进入太阳穴 0.99 毫米的它，恍惚间对它有几分看不起，也说不上来为什么，这感觉让他内心有些隐隐作痛。

他感到有些对不住自己，还有许多事未尽，比方说，昨天吃晚饭的碗还没有洗，卫生纸还没有买，内衣内裤还是上礼拜换的，嘴里还有大蒜的味道……想到这里他不觉伤心起来，眼泪有些要出去的意思，鼻子酸酸的，他有点疼爱起自己来。

子弹看他突然忧伤起来，稍稍犹豫了片刻，又全速进入他的大脑。这时已进入太阳穴 21.16 毫米，只有一个尾部还没有完全进入，像一只虫子的屁股还露在外面，大半个身子已钻入洞里，让人看了觉得有点可笑。

忽然，他想起了什么事似的，看了看子弹和发射子弹的人，他觉得忘了一件什么重要的事。他努力在想，看着子弹和发射子弹的人，意思好像是："再给我 0.33 秒的时间，让我想起这最后一件重要的事情。"就像处决犯人前总要问"还有什么要说的没有？"通常犯人只是摇摇头，心想他妈的还有什么要说的，说的要是能答应，那就说"你放了我吧！"那个准备执行枪决、一脸严肃、杀气腾腾的人一定会有点恼怒，想，你都死到临头了，还说这种不知趣的话！

他突然想起了今天有甲级联队比赛，是大连万达对上海申花的，他转身对行刑的人和子弹说，能不能让他再看一眼比赛，就一小会儿，或在场外听一下球迷的欢呼声，这样他就心满意足了。

子弹对他发出轻蔑的笑声，说："都这个时候了，看不看又怎样？谁赢谁输又能怎样？最后还不都是一个死？"

他看了一眼子弹，觉得它太没有人情味，连自己这个行将离世的人这一点点最后的请求都不能满足，况且子弹已进入他太阳穴 21.16 毫米，只一眼的时间它都不给，他难道还能把它给拿出来吗？他难道还能跑了吗？

当子弹进入太阳穴 21.32 毫米时，他本能地提醒自己少点这无谓的幻想，实际一些，先把这一连串的动作完成到位，准确和优雅是最主要的，毕竟是一生的绝唱，无法重来。

就是这一枪，就是这一颗子弹，将他打得死死的，像什么都没有发生过似的，他的一切都被这一枪准确地勾销。

当子弹完全进入他的太阳穴时，他突然有些肚子痛，想立即去厕所，这个念头上来时他已有些控制不住，想不顾一切地冲去，可是四肢和身体已不听使唤，子弹好像根本就不理会他似的继续行进着。

他不想带着排泄物与他同归于尽，想着总得留下点什么，这要求与愿望简单到了极点，总不能将人逼绝。

子弹已进入他两眼之间，这点他意识得清清楚楚，虽然肚子还在隐隐作痛，他，还是清醒地知道它在他头脑中的位置。

他把头向左转了35度，不想让一个黑咕隆咚的洞暴露在大家的视线下，那会让他有点难堪和不自信。

转了角度，想着即使是正面近景和特写也不算难看，虽称不上最佳，也只能这样了，毕竟条件有限，已不能走到正面去看看，再做一些适当的调整，想到这也就默认了。他已努力过，没有什么遗憾可言。

当子弹进入右眼后方时，他突然，有些像断电似的，感觉到一团漆黑，什么也看不见，这让他有种惊慌。他害怕这死一般漆黑的深渊，没有声音、没有气味、没有一丝光线。

他的头脑或许还有意识，他的眼神在恐惧过后似乎透出了平静的意味，不管这子弹怎么样，他这最后的意味都不自觉地表露出来，不受限制地表露出来。

天空突然飘下了雨，这正是他曾想象的情景。雨中，他躺倒在雨地里，天空是深深的灰色，鲜血从他的头部流出。

他的脸在着地时有一种冰凉凉的感觉。衣服穿得或许有些单薄，与这个季节不太相称，但是没有关系，从表情看，他觉得舒服。

当子弹从他左边太阳穴穿出时，带出了他体内的鲜血与温度，一股枪烟混杂着血气味喷涌而出。子弹似乎有一种喜悦，像一只完成使命的信鸽那样飞去等待它主人的犒赏。

他的脸与身体完完全全地、一丝一毫不差地接触到了这冰凉的大地。

　　起风了，雨越下越大，他与湿漉漉的地面已融为一体。他眼神安详地看着从他头部流出的鲜血慢慢地混入雨水，流向四方。在这一片黑暗的世界里，他仍能凭这一点点残存的意识感觉到，那热热的血，和对这个世界的一丝温柔的怜悯。

香奈儿

她失踪的时间是 7 点 36 分。

我一直到天亮都在这座城市中寻找她，但一无所获。

我对她最后的记忆，是她走向小铺的柜台，从墙壁上的小盒里取出一张乐透单，并仔细填充了三组各六个她认可的数字：2，14，32，37，49，51；5，11，36，38，42，50；18，22，30，37，43，38。然后，将填好的单子和三块钱递给老板，她取了单子后就走上了大街，消失了。

那是中城的一家小报摊。起初我以为她去了麦当劳的厕所，我等了 10 分钟，她没有回来。20、30、60 分钟，还没有，连个影子都没有。

街上的霓虹灯在 7 点 30 分亮起。她那时正在店里仔细地填数字，突然间，黑暗中涌起一片光亮。在我头顶上是一块法国香奈儿的广告牌，一位年轻冷艳带有几分神秘气息的女子用口唇接触着一个香奈儿牌的香水瓶，她的身后站着一位绅士，嘴角露出一丝微笑，看着这只香水瓶。与这块广告牌紧邻的是一块骆驼牌香烟广告，一位男子在黄昏的沙漠中牵着一匹骆驼，在行进中。

我用右手将我的左衣袖撩起，直到我的那只欧米茄手表全部袒露在我的视线之下。

我的脑中有了 7 点 30 分的确切、深刻的印象，与广告牌的启亮有必然的联系。这时的她在一片白晃晃的日光灯下正聚精会神趴在柜台上填那张乐透单。

我。手表。7 点 30 分。广告牌。香奈儿。骆驼牌香烟。黑夜。是同一个时空的产物，这点肯定错不了。

我对这一瞬间的场景记忆深刻。我记得她从口袋里掏出一支黑色钢笔。从容地拔掉笔帽，对准那张粉红色的乐透单一个数字、一个数字地填好。又用笔将一次性领取现金的那一栏重重地涂了一个黑色圆圈。交给了店老板。

店老板四十多岁，精瘦，皮肤棕黑，左眼下有一个青痣，头发微卷，两眼漆黑，深不可测，面带一种让人无法捉摸的微笑。他没有手，用一只假肢将她递给他的三块美金放入他的收银盒，说了一声"祝你好运！"

　　她步出了大门。速度很慢，步伐轻盈。她好像没有看见我似的径直走向左边的大街，霓虹灯与街灯将我与她的脸变换成不同的颜色，恍如梦境。

　　她从我面前晃过，脸色煞白，面带一种微笑，像是一种发现和暗示。她被香奈儿广告牌的蓝色灯光照耀时，我的脸是在背光中，她的眼光里透出一股神秘莫测。转眼间，她在我的视线里成了一个背影。近景、中景、全景、远景，消失了。与香奈儿广告牌蓝色的灯光有节奏的变换同步进行着，从我的眼前渐渐消失。

　　我的心里有一种莫名的冲动，伴随着一种不确定的期待、希望、发生、什么，说不清楚。

　　夜晚，灯光，空气，黑影，红色高跟鞋，骆驼牌香烟，血，一位躺在黑色街角的、被路灯隐隐约约照亮的女子，身穿风衣，躺在那里。有一把刀子从她的后背直直地竖起。她口中的血与冰冷的地冻结在一起。

　　她的眼光被一种惊恐所凝固，她的手中紧紧地握着一支黑色的钢笔。

　　笔帽在距离她三尺远的地上，被踩得支离破碎，不可复原。

她被警察用一个透明的塑料袋包裹着，她的眼神一直凝固在发生的那一瞬间。记录了下来，像一幅纪实照片般真实地记录了下来。

　　警察小心翼翼地将那只被踩碎的黑色钢笔帽扫进一只黑色袋子里。

　　另一位警察在把她包裹前，用照相机咔嚓咔嚓不停地拍照，共十六张。从不同角度：俯、全、侧、局部、中近、近，拍到停止。

　　还有一位警察用一支白色的粉笔沿着她躺在冰凉地上的形体画了一个大轮廓。

　　那位瘦高的警察用戴着白色手套的手，从被害者的后背用力将那把刀拔出，放入一只透明的塑料袋子里。

　　两位警察打开一辆黑色加长型车的后门，抬出一副担架，将她放在上面，一前一后抬着，放进了黑色加长型车里。关上了门，又用手左右拧了拧，才分头走向驾驶室。这一群警察，共九位。分乘四辆车驶离了现场。

　　现场，只留下一个照着她趴下来的姿势画下来的形体轮廓。

　　在距离她头部三尺的地方，那只黑色笔帽被踩得粉碎的现场也被用白色粉笔画了下来。

夜晚，这条街道空无一人。在远处只能看到被路灯照得非常显眼的一个白色粉笔画出来的人体轮廓。

这是冬天的夜晚。

没有人在这个时间还走在这条街上。在这条街道上，没有住户，只有两座废弃的旧厂房。

她为什么来到这里？

与什么人在这见面？

地铁站到这里需要走 20 分钟。

现场的周围没有任何脚印，只有三个烟头。

她不吸烟，从来没有。

烟头是骆驼牌的。

她的身上洒的是香奈儿牌香水，在她趴在地上被白粉笔画下轮廓的现场上空，飘向四方。我在距离十五尺的地方闻见了，我确定那是香奈儿牌香水。我有些莫名的兴奋，像是发现了什么，还有那三个同一牌子的烟头。

它们都是从同一个骆驼牌烟盒中被一支接一支地抽出，用打火机点燃、吸完、扔在冰凉的地上。

再将那只黑钢笔帽重重地踩在脚下，还用脚左右将它碾得再碎一些、再碎一些。然后才抬起脚，把右手伸进风衣，取出，向她的后背用力刺进那把冰凉的刀。

她没有来得及叫出任何声音。

她的脖子已被一根细钢丝紧紧勒住，钢丝几乎看不见了。

她回头看了他一眼，她的眼神被惊恐凝固在了那一瞬间。

他微笑着将她放在了冰冷的街道上。然后，向远处的河边走去。

我从口袋里掏出一盒烟，是骆驼牌。用打火机点燃一支，深深吸了一口，慢慢吐了出来，白色的烟迅速消散在黑夜里。

我将那方有香奈儿味的白色手绢，掏出、闻了闻，又放入上衣的口袋，在即将放入时又凑近鼻尖嗅了嗅，嗯，香奈儿，香奈儿。

我抬起手臂看了一眼手表，它的夜光指针显示出 3 点 15 分。

没有人。没有一个人。河岸的野草和一辆被烧焦的汽车与静悄悄的河面在我的周围。月亮很大，很低，很静。灰白色的云在慢慢地移动。

唯一的暖光是那支燃烧中的骆驼牌香烟。一闪一闪地非常引人注目。

那个场景在大脑中快速闪回。

沉默，两人站在街角。

点燃骆驼牌香烟，闻到香奈儿牌香水。

又是一阵沉默。

掏出黑色钢笔，写下一张支票。

她转身的一刹那，他已将细钢丝和冰凉的刀同时放在了她身体的两个部位。

一个在脖子上。一个在后背。

无声。

将她慢慢地放倒在地上。

用脚踩碎那只在她身旁的黑色笔帽。离开了现场。

警探站在化验室里，神情严肃地盯着那把放在化验台上的刀和那根细细的钢丝。另一位身体有些发胖的警探走到这位神情严肃的瘦警探身边，对他说："根据检验结果，留在刀把上面的指纹是被害者的指纹，那根细钢丝上的指纹也是被害者的。从被害者受刀的角度可判断不是她自己所为。一定是另一人将刀插进她后背，这么深，六寸，而且是在要害部位。从用刀的准确度和力度来判断，都像是职业杀手所为。"

法医从里面的解剖室走了出来，将解剖结果递给了警探。

警探、法医、刀、被害者照片、黑色笔帽的残片，吸烟，沉思。

哎！你喜不喜欢我这个香水的味道？

"嗯，喜欢，喜欢。"

"你怎么老心不在焉的？"

"什么？"

"我问你喜不喜欢我这个香水的味道？""它是香奈儿牌的。"

"喜欢，喜欢。"说着将那已抽了第三支的骆驼牌烟头扔在了地上，并用脚用力踩了踩，与她并肩走进了地铁站。

时间是 00 点 00 分 00 秒。

杂货店

也没有什么隐蔽的地方。

这身穿红色裙子的女子不见了，哪里去了？

在这被公共汽车遮挡住的 3 秒钟里，她不可能出店。这条街走到另一街口，起码要走 3 分钟。J 也没有看到有任何人上下这辆公共汽车。

杂货店里没有丝毫动静。

J 又等了 10 分钟。5 点 48 分，J 走过这条马路向杂货店走去。

雨还是下得很大，街上像死一般寂静，只有小店刺眼的日光灯将店里照得惨白。

J 推开杂货店的一扇小门，店门重得让 J 有些意外。J 走到了杂货店的中央。这家店共有三面墙，中间有一个报刊架，三面墙都放满了各种各样的杂货。

黑眼睛的人正看着一本漫画出神。他的头部后方是一个打开着的 9 英寸[1] 黑白电视机。电视里正播佛罗里达大选选票争端的新闻。

J 顺着黑眼睛的人指给穿红裙子的女人的方向走去。这一区全是虐待和变态狂的杂志。

---

[1] 1 英寸合 2.54 厘米。

J 的身上有些发冷。那双黑眼睛所发的寒光让他有刺骨的感觉。

J 没有回头，耳朵里是电视的声音。J 看到地上有一只耳环，J 隐约记得是那位女子戴的耳环。J 不敢再想下去。J 转身走向了收银台，买了一盒骆驼牌香烟。那双瘦而没有血色的手将骆驼牌香烟递给了 J。J 把钱给了他后拿起烟，迅速走出杂货店。J 走到马路沿，低头点燃一支香烟时，看到了地上流着红色的血，与雨水混合后一起流向不远处的下水道。

这时是 6 点 01 分。

街道上只有雨的声音。J 吸了一口烟，走向街角的深处，不一会儿消失在雨和夜色中。

恐惧

当他快步冲进地铁站时，眼看一辆 3 号车刚刚驶离站台。他目送着 3 号车的尾端消失在长长的隧道尽头，才回头走向不远处的一张椅子坐下。

　　他把包放在隔壁的座位上，目测了一下它是否安全，又把包向自己这边靠拢了一下，方才安心。

　　他用目光横扫对面的站台，数了数，一共有三个人。两个男人和一个女人。女的穿一双高跟鞋，不停地在站台上走来走去，神色凝重，似乎有些心事重重。他把目光收回，向远处望了望，还是没有列车驶入。他看了看手表，3 点过 10 分，他把放在左手边的包打开，顺手取出一本小说，书名是《寒冬夜行人》，翻到第一页的序言处开始浏览。

这时他的耳朵听到从对面站台的公用电话亭方向传过来的那个女人的声音。

"我在地铁站。"

"我不知道什么时候能回去。"

"东西我已拿到。"

"我会注意的。"

"车到现在还没有来。"

"我说不准几点能到。"

他正阅读至第十八页的二十五行。"W被杀害了。你快离开这里。"

"箱子怎么办？"

"你带走，现在我们对这只箱子不感兴趣。你乘11点的特快离开这里。"

"特快在这里不停……"

"停！快去6号站台，站在卸货的地方附近。你还有3分钟的时间。"

"嗯……"

"快走，否则我就逮捕你。"

他又听见那个穿高跟鞋的女人在对面站台公用电话亭说了句"到了那里我会通过其他方式与你联络"。

"再见！多保重！"接着是哐啷一声挂电话的声音。

他抬起头注视着对面的站台，穿高跟鞋的女人放下公用电话听筒后往西走去，坐在周围空荡荡的一张椅子上，脚旁边放着一只黑色的皮箱。在距离她右边三个柱子的地方，坐着两位身穿灰色风衣的男子，目光神秘地注视着这女子。他们无意中相互对视一瞬间后又迅速把目光移开。

3点40分列车还没有来。

站台上像死一般寂静。他把衣服拉链向上拉了拉，提了一口气，本能地用手把包抓了抓，那意思是包还在他身边。这时他察觉到有目光盯着这只包，他抬起头看到了他们。他们面如死灰，冷冷的目光直逼他的心头。他的呼吸变得急促，心跳也在加快。他努力放松心情，装出一副镇定的样子继续看着《寒冬夜行人》的第二章。但他的脑子却空空的什么都看不进去，他能清楚地数出他心跳的次数。

他没有抬起头，但脑子里确有一双冰冷的目光一动不动地注视着他。这时"啪"的一声打破了这死一般的寂静。一只老鼠在地铁铁道的中央流窜时打碎了一只玻璃瓶子。

迅疾间，又恢复了寂静。他能清楚地听见呼吸声，和他那只欧米茄牌登月型手表指针滴滴滴的走动声响。他的心跳声不断地在他脑中被放大，似乎有些失控的感觉将要袭来。

他又抬起头，对面和周围已空无一人。他的心有些慌，回头望了一眼售票处，白晃晃的日光灯管下空无一人。他渴望能有一个人，哪怕是一个人影什么的，让他惊恐的心能得到一点点慰藉。没有。

在寂静、恐惧和绝望中他听到了来自远方的地铁声，是一种由远到近的声音，传向站台。

列车停在了站台，长长的车厢中只坐了三个人。两个男人和一个女人。其余的车厢空荡荡的，只有苍白的灯光和橘黄色的椅子。

车厢门打开了，他看见两个男人坐在那个脚穿红色高跟鞋的女人的斜对面。那两个男人头戴灰色礼帽，但仍能感受到那被礼帽遮掩住的两双冷冷的眼睛。那位女子鲜红的高跟鞋非常引人注目，她的面容惨白如纸，一双忧郁的黑眼睛失神地望着地板。那里什么也没有，只有苍白的日光灯投射在上面的光影。

他走到这节车厢的最后面，找了一个靠窗的位子坐下。他把包放在了他的右手边，又拿起放在他的腿上才觉安心。列车在行进中有节奏地左右晃动着。

这辆列车在经过 14 街、23 街、28 街、34 街、42 街、50 街的站台时，外面都空无一人。

列车没有停，继续行进着。

突然，那两位身穿灰色风衣、头戴灰色礼帽的男子重重地一头栽倒在地板上，几乎是同时着地，声音打乱了列车有节奏的行进声。

他抬起头，看到倒在地上的那两位身穿灰色风衣、头戴灰色礼帽的男子，血从他们苍白的面颊上慢慢地流到了地板上，他们的眼睛像死鱼一般凸凸的，看着窗外的什么位置，一动不动。

列车继续行驶。他有些紧张和恐惧。这突如其来的场景让他的脑子霎时一片空白。

他只有一个念头，就是盼望快点到站，然后迅速冲出车厢，上台阶，右转，再向左转，终于到达地面，可以深深吸一口气，再喝一杯什么饮料，最好是不含糖的百事可乐。

可是列车经过几个站台时都没有停下，只是加速行驶着。59 街、66 街、72 街、79 街、86 街……这些站都被高速行驶的列车抛在了后面，一闪，消失得无影无踪。他回头再一次去看地板上的那两位身穿灰色风衣、头戴深灰色礼帽、面颊上流着鲜血的男子，这时，已什么都没有了，只有暗红色的鲜血慢慢流到他的脚下。他看到脚下的鲜血时，感到一阵晕眩，心中涌出几分莫名的快感，并交杂着恐惧和不安。他转过身去看着那个神秘的女人。那个身穿一身黑色香奈儿牌连衣裙、脚穿红色高跟鞋的女人仍一动不动地坐在那里，像没有发生任何事一样，呆呆地看着正前方的一个什么位置。她惨白的脸上充满柔意和病容，她的嘴角有些痉挛地在嚅动着。

他突然注意到她苍白的手流着鲜血，她的嘴角也流着血，并且带有几分残忍的微笑在自言自语着。

他迅速起身，一把抓起放在他腿上的包冲到连接下一节车厢的门前，用力去拉门，可是门被死死地锁住。他又用力去掰车门想让一丝新鲜空气能够进入这令人窒息的车厢。车厢门丝毫不动，依然紧紧地关闭着。他忽然像是想起了什么似的从包中取出一把铁器去猛击右手边的车窗玻璃，此时的玻璃仿佛像铁一般坚硬，不管你用多大力气敲打仍完好无损。无论如何敲打都没有出现他所希望的破碎声。他呼喊着，可以说是带着狂怒的心情奔向了那个女人，挥起铁器向她砸去……

可是他却清楚地看到紧贴在车窗外的一张面孔，那惨白如死灰一般的面孔注视着他并向他发出了残忍的微笑后，转眼间又消失在黑色地铁隧道里。

他有些无力和疲惫，他的四肢和身体也有些轻飘飘的失重的感觉。

他像被放慢了动作般躺倒在地板上。

他的念头只有一个，乘这列通向地狱的列车，进入死亡的未来。想到这，他的面孔有了一些快意和笑容。可是，他那受惊般的眼神却被深深地留在了车厢之中，随着快速行驶的神秘列车驶向远方。

地 铁

列车匀速地行进着。我坐在车厢的一边，她坐在我对面的一边。在我和她之间，几位乘客站着，将我们隔开。我只能看到她的一只眼和一只脚，其余的都被挡住。

　　我活动了一下脖子，先向左，然后，向右，再返回左。再回右，左，右，左，右，左左，右右，左左，右右。直到舒服为止。

　　我的左边坐了一位体魄健壮的黑人，头上戴了一副索尼牌的随身听耳机，一只肥厚的右手握住一个银色的CD机，脑袋和身体左右不停地晃动着。从我的角度能看到他那双又圆又大的眼珠，直盯盯地看着前方的什么。或许什么也没有看，只是盯着、摇着。他的身子不停地均匀地碰撞着我的身体的左边。

我理了一个头，是光头。身穿一件灰色风衣。脚边放了一个包，里面装着三盘录像带、一个笔记本、一小塑料饭盒的粥、三个牛肉夹饼。我把包放在了我的两腿之间。

我的右边坐着一位年纪大约三十的女士。她正聚精会神地看着一本小说，一身黑色的衣服衬着一双白而纤细的手。我直直地看着她，她突然抬头看了我一眼，我慌忙将目光迅速移开，看向车窗外。

天色灰蒙蒙的。有雨，有雾。一栋栋旧公寓楼，高高低低地从窗口闪逝。

我的眼前不停地有上下车的乘客出入，分不清男女，只感到一大团黑影在眼前闪动。

在 34 街下车的人很多。从与我并排的座椅上露出了一双眼睛，目光直直地射到我这边。又迅速被一团黑影挡住。什么也看不见，只能听到声音。

"嗨，你好。"

"嗨，你好。"

"最近怎么样？"

"还是老样子，上班，周末休息看看电影。"

"你怎么样？"

"我刚回了趟国。"

"那不错。"

"国内怎么样？"

"变化挺大的。"

"噢……"

"国内现在好玩得很！到处是桑拿、洗浴中心、歌舞厅、发廊……"

车门开了，停在 42 街。坐在我左边的黑人起身，一摇一晃地撞出一条道下车了。

一位妇女抱着一个小孩坐在了我的左侧。小孩长着一张苹果似的脸，冲着我的脸直流口水，呆呆地望着我，眼睫毛扑闪扑闪活像个假娃娃。他的皮肤透明得像玉。那位妇女坐定后，从包中取出一个奶嘴，放入小孩的口中，小孩熟练地开始了吮吸。吧哒吧哒地嘬个不停。

我右边的那位女士将书翻了一页。列车继续行进。

这时，从车厢的一端传来拉开、关上门的声音。先是脚步声，紧接着一个粗重有力的声音开腔了。

"女士们！先生们！你们好！我是一个无家可归的人。我有点饿。如果你有任何食物——一片面包、一根香肠，我都乐意接受。你不一定要给我钱，因为如果你没有，我很理解，因为我也没有。希望你很安全地回到家里，晚安！"

渐渐在我耳边，脚步声与说话声变得大起来。

他右手拿一个纸杯，上下摇动着，将纸杯里的硬币碰撞出清脆的声响。他穿过了这节车厢，进入下一节车厢。停顿了一会儿，又开始说了。

"女士们！先生们！我是一个无家可归的人……"

列车继续行进，远方有一座大桥。桥下的河已冻结，放眼望去一片银灰色，闪闪发光。

125街站台，停车。我右边的这位女士急忙合上书，拿起手包匆匆下了车，迅速汇入人流中不见了。

站台上一片杂乱的脚步声。看到两个身穿制服的男人从远处向这节车厢走来。

走到车门口，进了车厢。是警察，我确认了，在他们的右胯上吊着一把枪，左胯上吊着一根警棍，屁股后面别着一本皮制封面的黑色本子，里面可能夹着罚单。

左肩膀上别着一个步话机，不时地吱吱响个不停。

车门关上了，列车晃动了一下，启动了。

两位警察各伸出一只手抓住了扶杆，身体随着列车左右摇晃着。能感觉到那把枪沉甸甸地别在他们的腰侧。

突然，有人迅速掏枪，对着一个男人，开枪。血从他的身上流出。又是两枪。脸被打穿了，一个大洞，血溅在周围人的身上、脸上和车窗上。他倒下了，重重地栽倒在行进的车厢里。只见一个人迅速跑向另一节车厢，车厢里一片惊叫声，乘客从被打死的那位身上混乱跑过。

母亲用一只手捂住小孩的头和眼。小孩没有哭，也没有笑。从母亲手的缝隙中可看到他那双黑而呆的大眼在看着什么。车厢里一片忙乱。两位警察手持着枪已迅速冲到下一节车厢去。追，抓，杀，另一个在逃犯。

躺在距离我 2 米远处的那一位，两眼发白，血浆顺着面颊慢慢流动着。左边的脸已被打掉一半，残破的脸皮被打在车座椅的下边。

他的眼睛眨动了几下，似乎有些挣扎的意思。

列车还在行进着，在 168 街 站台没有停。站台上挤满了人，黑压压的一大片。一只只眼睛不解地盯着这辆应该停而没有停下来的高速行驶的列车。这时，听到另一节车厢枪声响起。

叭，叭，叭，像是对射。一位警察突然拉开车门，冲了进来，左手捂住胸口，手、脸、身上都是鲜红的血，跟跟跄跄地走着，右手的枪不时地指动着，车厢里的人们惊恐万分。

警察跨过躺在地上的尸体。他看到乘客惊恐的眼神，知道自己受伤了，可能还不轻，也有些紧张，只想躺下，但又不能躺下。意识告诉他不能躺，一躺就再也起不来了。就像喝醉酒似的，头脑挺清楚，但走路不太听使唤。

他又努力睁大了眼睛看清了些什么，有女的、男的、老的、少的、白人、黑人、黄人、拉丁人、光头的、长发的、卷毛的、金发的、戴耳机的、穿皮鞋的、穿旅游鞋的、戴眼镜的、肥的、瘦的、高的、矮的……好像还有什么东西像窗户上的光似的一闪就没了。那是什么？那是什么？没人告诉他那是什么。

另一节车厢还在不断地响着枪声。叭，叭，叭，叭。

那扇门又突然被打开了。先看见一个小女孩，十几岁的模样，一脸惊恐。再看到一把锃亮的枪正紧紧顶住她的脑袋，在她身后是另一个犯人。他没有负伤，一脸杀气，口里嚷嚷着"闪开！闪开！"地冲了过来。

受伤的警察听到叫声清醒了许多，又调转了头和身子，把枪对准了叫喊的罪犯。

这时从另一节车厢赶来的另一位警察也已打开门，把枪对准了罪犯。车厢里的乘客蜂拥到下一节车厢。只留下了我、她，还有我左边坐着的那位抱小孩的女士。

现场有三支枪。两支对准罪犯，一支对准罪犯挟持的少女的太阳穴。

列车没有停，一直前进着。

我没有动，她也没有动，抱小孩的那位也没有动。我看见了从母亲指缝中露出的一双黑黑的大眼睛，在呆呆地看着什么。嘴唇微微地嚅动了几下，突然笑了起来，他还没有长出牙齿来。

我看见受伤的警察端着枪的手在颤抖。

突然，听到一声"放下枪，不然我就开枪杀死她"。罪犯穷凶极恶地叫喊着。

一阵沉默。

叭叭两声枪响。罪犯缓缓地倒向身后，重重地栽倒在行进的列车厢里，手枪跌落在一旁。被罪犯劫持的人质呆呆地站在原地。两位警察一位已经倒下，另一位也呆呆地站在原地。列车迅速进入了一个黑暗的隧道中。

列车已驶入郊外，可以隐隐看见远山，河流。树木也明显多了起来。不像城市，尽是高楼和车流，人流。高楼大厦。

我看着窗外，被这一幕幕的风景所感动。看了看周围车厢，已没有一个人。我也搞不清楚这是到了哪，我想是我睡着了，坐过站了。

只听到列车有节奏的行进声，哐当哐当地响着。

海滩

寻获她的尸体，是在1月23日的上午，8点35分。地点在距离这座城市20公里的维多利亚海边，是两位出海打鱼的渔夫首先发现的。显然是被海潮给推上岸的。

8点50分，四辆警车停在了海边。

这一带立即被警察封锁，任何人都不准进入。

我站在距岸边不远的山崖上，看着海边。

九位警察，还有身穿风衣的警探、穿白色大褂的法医围在现场周围。现场被一寸宽的黄色塑料带围成了一个约300平方米的空间。照相机在咔嚓地闪个不停。

身穿风衣的两位警探，正在300平方米的外围询问两位渔夫。

问：你们是几点发现尸体的?

一位渔夫：8点左右。

问：准确的时间。

另一位渔夫：是8点35分。因为我走进船舱放鱼网时，将闹钟不小心碰倒在船板上了。我捡起时看了一眼，是8点34分。随后我们俩走向岸边，发现了那具尸体，所以我敢肯定是8点35分。

问：你们在这一带曾经见过这位身穿粉红色裙子的女青年吗?

一位渔夫：没有。

另一位渔夫：她不像是本地人。这一带的人家都彼此熟悉，共二十多户渔家。

问：昨天晚上你们几点收船的?

一位渔夫：天都黑了，8点左右。

另一位渔夫：嗯。

这时我看见一位警察走到警探身边说了些什么，两位警探又对渔夫说了几句，就随那位警察走进了300平方米的现场内，围着尸体，那位警察对警探说了些什么。

当太阳升高时，他们全体撤离了现场，包括那具尸体。用来隔离现场的一寸宽的黄色带子也不在了。

他们从山崖后的小路走向海滩。就是那一片最干净、最细腻的沙滩。

开始：脱下外套，换上泳装。她，从一只LV小手袋里掏出防晒油，均匀地抹在肌肤上。他，躺在沙滩上。那只劳力士手表、雷朋眼镜和泳裤成了他的身外之物，在他的身上显得异常醒目。他，从一只旅行袋里掏出一本卡尔维诺的小说《寒冬夜行人》，用左手将书举在空中，开始阅读。

她，还在涂油。手上，脸上。用右手涂左臂、项背。用左手涂右臂、项背。双手一起涂，先是左脚，后是右脚，然后是腿部和臀部。

她用右手将那个黄色的防晒油盖拧上，放入小包。躺下。起来。把浴巾放平。又躺下。双眼微闭，面带微笑。眼前一片红色。模糊、透明、温暖。面部有针灼感。渐渐地皮肤发烫、有光泽。先是红，再变棕褐、古铜色。

沙滩白得耀眼。

海面上波光粼粼。

两位躺在沙滩上的姿势是：

他，手举小说在阅读。

她，闭目享受日光浴。

太阳升在了头顶上。热。

他们：她，背身趴在浴巾上，双手交叉，头枕在手臂上，平趴不动。他，用左手举着小说，已阅读至"从陡壁悬崖上探出身躯"。"我越来越相信，世界希望告诉我什么，正在向我发送信息、警告与信号。我来到泊特克沃之后就发现了这个情况。每天早晨我都要走出库吉瓦旅店到港口去散步。经过气象台时，便想到日益临近的世界末日……"他将书从左手递到了右手，又调整了一下姿势继续阅读。"我见到她并不感到高兴；今天早晨碰到的一些不吉利的征兆也劝我不要同她讲话。二十天来我出来散步时总看见她独自一人待在海滩上，很希望能和她谈谈；每天走出旅馆时我都抱着这种打算，但每天都遇到一些事情使我欲言又止。"

他又将书从右手递到左手，用腾出的右手抓了三下大腿，又用右手将书翻至第五十二页。

书中是这样写的："茨维达小姐正对着一只刺海胆在写生。她把马扎放在防波堤上坐在那儿；刺海胆肚皮朝天，肉棘展开，用力地抽搐着妄图翻过身来。这位姑娘画的是软体动物的肌肉扩展与收缩的草图，采用明暗对照法，并在周围用密集的竖线勾出轮廓。我心里想好的论点，即贝壳的形状是虚假的和谐，它只是一种外壳，掩盖了大自然真正的实质，但现在这个论点是牛头不对马嘴了。刺海胆的形象以及姑娘的画，都给人留下一种令人恶心的、惨不忍睹的印象，仿佛见到一副剖开的肚肠。"

有三只海鸥在海边飞翔、鸣叫，她将双手绕到后背将胸罩解开，抽出，放在了身旁，看了一眼手腕上的那只香奈儿牌手表。2点15分。又交叉双臂，将头枕在手背上。

她的肤色已呈古铜色、油亮、反光。

他已阅读至小说的第一百一十二页。

"在印度洋这个岛屿上，一位脱去衣服洗海水浴的妇女，'戴着黑色太阳镜，涂着防晒油，并用纽约一家著名杂志遮拦炎炎日光照射她的面部'。她读的这期杂志提前发表了西拉·弗兰纳最近创作的一部惊险小说的开头。"

她翻转了身子，胸部向着阳光的一面。两只乳房的颜色与身体其他部分形成强烈的反差，像黑白一样分明。她还是闭着双眼，双唇嚅动了三下，将口水轻轻地咽了下去。

太阳。海水。天空。悬崖。海涛声。一男。一女。沙滩。3点55分。维多利亚海滩。

她将腿轻轻地摩擦了两下，将右脚趾慢慢地插入细腻的沙里，并将乳房周围的防晒油向乳房方向推抹了过去。再用手揉了三下。

他，翻身将小说放在沙滩上，用左手将小说翻至第一百一十八页"一条条相互连接的线"。他的背向着太阳，背部的汗毛与肌肤之间已有颗粒状的汗珠均匀分布。

他，用右手将雷朋太阳眼镜扶了一下，又将手放在了小说的左侧。

他的头脑霎时间一片空白，是晕眩。他努力想控制住它，不要延长下去。他无法控制，周围先是白，紧接着是红，立即是一片漆黑。他的眼睛是紧紧闭着，头脑是在有意识与无意识之间。在有意识的那一刻，他把右手伸向那只距离他三尺的袋子，摸索着什么。停顿。手的姿势保持不动。无意识。1秒、2秒、3秒、4秒、5秒、6秒、7秒，手又继续在袋里摸索着，掏出一瓶沛绿雅牌矿泉水，移到嘴边，用左手将瓶盖迅速打开，对准口大口地喝了一下、两下、三下、四下、五下、六下、七下，紧接着咳嗽了一下、两下、三下。他被呛住了。从嘴里喷出的水花溅在小说的第一百二十一页上。他用左手迅速将小说移向上方，并仰起了头使水能顺利地被咽下去。他的记忆渐渐在恢复。

他记得看到这行："也许那里住的人想自杀。"

他用右手将矿泉水放在沙滩上，距离头部一尺左右。又将小说移到适宜他阅读的位置。他的雷朋眼镜给外界罩上了一层淡淡的柔和色彩并具有防紫外线功能，从外看太阳眼镜是深咖啡色的，隐约能看见双眼，但看不清楚。

他又开始阅读。在距离他50米的地方，她躺在那里一动不动。两只乳房的肤色已渐渐与周围的肤色融为一体。古铜色的肌肤犹如铜质雕塑般闪着油光，身体的汗毛是淡黄色的，修长的四肢平放在沙滩上。她的手指甲与脚趾甲涂了一层象牙色的指甲油，闪闪发亮。她的眼睫毛很长，从侧面看，与鼻、嘴、面颊、前额、头发、下颚、耳部共同组合成完美的轮廓曲线。

她的嘴唇上有几粒汗珠，皮肤散发出一种诱人的香味。

他的嘴嚅动了几下。他迅速将书翻至下面七八页，停顿了片刻，匆匆扫了几眼，又翻回原来的页数。

他的下体在沙滩上左右蹭了几下，他喜欢现在这个趴着背向上的姿势，能感到细沙如肌的温度和它们与他的身体的紧密接触感。他不想改变他现有的姿势。让它继续下去。

她，缓慢地用右手将包中的沛绿雅牌矿泉水取出，打开，用嘴对着瓶口喝了，一口、两口，然后将剩余的矿泉水洒在身体上。水立刻从光滑肌肤的各处流向沙滩，肌肤越显闪亮。有些水珠还停留在肌肤的某些部位——胸、大腿、小腹、手臂、脚趾、肩、面庞，还有唇上。

她的睫毛微微地有些颤动。

但双眼还是紧闭，没有张开。

她，将右腿从与沙滩平行变换至与沙滩呈三角形后立即又恢复平行，并将脚趾深深地插入沙滩。

沙滩被阳光照射得像一处温热的床。舒服，柔软。

从侧面看，他的身体与沙滩接触的部分已有两寸压进了沙里。

这与他健壮的体格和他左右挪动几下的动作有关。

他，宽肩，腰身与臀部像一只矫捷的猎豹，大腿与小腿协调地分布在脚踝骨上方。身体的肤色是古铜色的，青铜般质感，有力、有型、不失光泽。

太阳向西边渐去。海面上出现了逆光波纹，波光粼粼。

突然间，一块乌云将太阳遮挡。顿时，沙滩与海面，还有悬崖、他、她，被阴影覆盖。

5 秒钟之后，太阳露出一条缝隙。紧接着露出了一半。7 秒钟之后，全部的太阳裸露在天空中。

阴云逝去，重见光芒。

海边渐渐有了海浪声，一波一波的海浪推向沙滩。海鸥先是一只，然后，两只、三只、四只，接着，十只在悬崖与海滩间飞翔。鸣叫声回荡在空荡荡的悬崖与海滩之间。呱啊、呱啊、呱啊……

从远处看见他，她。像是躺在一个巨大的沙床上。

她，又一次从包中取出像是防晒油之类的乳液，将它挤在左手掌上，用手抹开，先是脸，然后是颈、双肩、胸、小腹、大腿内侧、大腿外侧、小腿。这整个动作持续了3分45秒。接着她将那瓶乳液放回LV牌包里，身体平平地躺在沙滩上，又挪动了几下，直到舒适为止。

他，将那戴在左手的劳力士牌手表看了一眼，5点16分。又把右手伸到距离一尺处的沙滩，抓住那瓶矿泉水，看也没看，打开盖咕噜、咕噜、咕噜喝了三口，眼睛还紧紧地盯在小说上。

太阳已渐渐向海面落下。海面上金光闪闪，天空与海平面交接处已变为橙红色。巨大的太阳在海面上像火轮一样，徐徐向海面落下，1分30秒后全部隐没在海面与天空交接处。

天空变为橙红色，并有深灰色相伴。悬崖已变为灰黑色。沙滩变为黄灰色。

她，躺在那里。

他，趴在那里。

两个人的姿势都没有动，两个人似乎也没有任何改换姿势的企图。

5点56分。天空与海面的颜色渐近。悬崖与海滩的颜色也渐近。

6点37分。已看不清楚他、她的肤色。悬崖已变为黑色。沙滩与他、她的身体形状已变得模糊。渐渐的，悬崖，沙滩，海，他、她的形体已混为一色，黑而模糊。

只能听到海涛声一阵、一阵地有节奏地拍打着……

公 寓

在那一瞬间，他决定把这件事做一个了断。不能再拖了。

　　做完这个决定后，他如释重负，走向不远处的一台饮水机，大口地喝了几口水。又对着镜子照了照，方才罢休。

　　回头一想还有什么事要做，又走进门外的洗手间，解了一下小手。随手把马桶的开关拧了一下。冲马桶的流水声让他有一阵快意。

　　他回到屋里的第一件事是把电风扇打开。再走向书桌的时候看了一眼右边墙上的黑白照片。只是没有了往日的兴奋和激动。

　　他没有去想，这是为什么，也懒得去想这个问题。每一天的事情有些重复，也有变化。只是有时变化得大些，有时变化得小些。总之在变化。

这是他的想法，也是他们期待的。

他把床单翻了个个儿，把干净的一面放在了正面，又顺手把地上纸屑放入门口的垃圾桶里。

他把大灯打开后，站在门口看了看被照亮的房间，觉得有些亮。又把大灯关掉，走向书桌。

书桌有些零乱，还有些尘土，让他感觉有些不舒服。他在做出决定，看是否要打扫一下卫生。

地板上、水池中以及冰箱上都有污垢。他的决定还没有做出。他只是静静地坐在椅子上，然后又把腿跷在了书桌上，静静地看着窗外。从窗口可以看到后院的花园，花园中有一棵长得茂密的大树和黑色的消防梯。他又顺手拿起一本放在桌上的书，翻了翻又放下起身走向门外，向一楼冲去。这楼道的味道总让他心烦和不满。他把大门打开，用一个簸箕顶在门下。目的很简单，透透气，让空气对流对流。他走进一楼的过道里，拿起一把扫帚和一把拖把，又快步跑上二楼。这时他从门外看见了他室内的一切。清清楚楚地，一切都在门外被看见，几乎是一览无余。

他把洗衣机中的水从桶中舀出一杯，洒在地上，开始用刷子刷地。污秽的地板变得有些洁白。他的心情也有了好转。

把这间不大的屋子洗刷完毕，他已满头大汗。他满意地看了看干干净净的地板，方才走进浴室去冲凉。

电话铃声响起时，他还在淋浴中。他睁大了眼睛，竖起了耳朵分辨着这清晰而熟悉的电话铃声。

他在犹豫是否要冲出去，去接这个不知是否重要的电话。可能是一个非常重要的电话，决定一生命运转折的电话。

随即又想到或许只是一个推销公司的电话或一个打错了的电话。

还有，当我走到电话机旁迅速抓起电话时，电话已是最后一响。我听到的只是阵阵忙音。

我只好带着几分怨恨的心情和有些发抖的身体又跑回浴室，继续冲干净身上的肥皂。

当一阵突然冒出的凉水洒在我的身上时，我已从这幻想中清醒了过来。

这时，电话声早已绝响。我能听到的只是淋浴的声音，感受到的是清凉与浑身舒服。

我用毛巾擦完全身后，喝了一杯白开水，舒舒服服地坐在了椅子上。看看窗外，又回头看看干净的地板和无声的电话。接下来我觉得要开始阅读，读什么书我还没有决定。把桌上的书一本一本地翻开，看看书名和作者。这少得可怜的选择让我有些恼怒和无奈。我只得把这本已看了三遍的《寒冬夜行人》再次翻阅。

　　这是一本值得重读的好书。它没有引人入胜的情节，只有结构和由这独特结构组成的小说的意识。

　　我在读，写得很好。

　　"你即将开始阅读伊塔洛·卡尔维诺的新小说《寒冬夜行人》了。请你先放松一下，然后再集中注意力。"

　　窗外的鸣笛声传入了我的耳朵。

　　由隔壁房间发出的阵阵呻吟声和窃窃私语让我变得有些不安和警惕。

　　楼道里有人上上下下地在忙着不知什么。

　　一阵阵杂乱的脚步把楼梯踩得乱响。我已从小说的情节转移到我周围环境的声音中去。我努力分辨这呻吟声和这一阵脚步声的性别、年龄、国籍、胖瘦高矮。

　　这时从窗外传来一阵尖叫声，随即转为自言自语。这一阵突如其来的尖叫声让我不寒而栗，有些惊悸。

这是距这不远的一处精神病患者疗养院的后院发出的声音。我向窗外看去，一个中年女人在院中不停地绕着走着，行进中左右手不停地摆动着。神情漠然，旁若无人。

当我把探出窗外的身子收回，坐在椅子上时，小说的情节已不再吸引我。我有些坐立不安，把抽屉拉开，没有目标地乱翻。

让自己的手不闲着，心里似乎平衡些。我把一面镜子拿起，照了照自己，又心满意足地放回了原处。看到了放在左边的电话账单，账单上的那一行数字让我心惊肉跳。

我把它重重地压在了一堆书籍的下面，好像它从此不存在似的，这才让我有些放心与释然。

隔壁邻居的喷嚏声连着响了五下后还意犹未尽地又打了三个微弱的，方才罢休。我在想他是否得了花粉症。此人白天睡觉，夜晚通宵达旦在电脑上不知做什么。每天深夜他去公共洗手间都把门锁碰出嘭嘭巨响，<u>丝毫不顾是否是夜深人静</u>。

在他对面住着一个身材高大的外国人，走路总是急匆匆，满脸酒气，看人的眼神像是受了刺激。他的房间与厕所为邻。他的房间在夜晚总是有一些奇怪的声音轻轻传出。

我每次夜间解手都可以隐约听见他房间的声音，让我有一种欲望，想分辨清楚是什么声音。

　　住在这栋公寓二楼靠楼梯口的一个中年男子，总是赤条条的光着膀子去上厕所。说一口广东话，走起路来一摇三晃，一副满不在乎的样子。

　　住在三楼的白发老头，总是在深夜两点钟准时走下楼梯，站在门口扩两下胸，然后消失在夜色之中。他走路时很慢，很稳，很有节奏。

　　我总能分辨出他的脚步声。

　　住三楼楼梯口的另一位中年男子，宽宽的脸庞，从不正眼与人对视。我们在楼梯碰上过几次，他都匆匆低头走过。他的房间很小，全是录像带。进门的人侧身跨过堆积如山的录像带方能上床。

　　据说可能全是毛片。

　　住在一楼三号的是一位出租车司机。他白天睡觉，夜里工作。他总是头戴一副耳机，汗流浃背地穿一件背心，卷卷的头发与他和蔼的目光让人觉得有几分憨态。他的黄色出租车有时停在公寓的门口。他坐在里边，一边看报一边休息和吃着盒饭。任何时候在楼道碰到，他总给我疲惫的感觉。可能是他人有些过胖，走路时喘着粗气，让人有些担心。只是觉得他人不错，不像二楼那个老外总是嬉皮笑脸的，让人生厌。

这些人的脸面和神态在我脑子里过了一遍。有时想，怎么与这些人为邻住了一年。

窗外的雨声渐渐大了。我总是喜欢下雨的时节以及雨点拍打在树上和地上的声音，让人眷恋一些什么，伤感一些什么。总之是一些说不出的感觉，让我很怀恋。

这间屋里有一扇长方形的窗户，一张床，一个水池，一个书桌，一个 14 吋电视机，一台录像机，一部电话，一台冰箱，还有一个小旅行箱和一个小闹钟。

时间是 14 点 28 分。

我已有些倦意，想去睡觉。回头再给你吧！

零度空间

她扭过脸，让他看得清清楚楚。他的心彻底地放松，没有了距离。

　　他用眼光打量她的面容，把距离一点一点地渐渐缩短，消融到了尽头。她与他的呼吸慢慢地由各自的节奏汇入了一致的隧道，流向遥远的极致。

　　黑暗将距离消融，让人无从考据和丈量。他仅凭呼吸判断彼此的距离。黑。黑得宁静而祥和，让人感觉舒服、闲适，不顾时间与场所。

　　他们彼此贪婪地吮吸对方，没有了从前、左右和前后。只有默契和一致。

　　他忘掉了距离。她也一样。仅凭彼此发出的呼吸声，以及感觉和目光，就可以让人得出这个判断。无须置疑，也无须考虑此刻。

只有触摸对方的肌肤才能感受自己的存在。一点一滴一时一刻，都清清楚楚，印在心上。

彼此都不愿停歇，生怕消失，再难以挽回。

朦胧中显示彼此的本色，像蜕去了皮似的让人感受到原始的雏形，只剩下赤裸裸的美占据了彼此的意识，让人忘记了残酷与现实。

他们像婴儿似的没有成熟，没有经验、成见、忧伤、烦恼。只有趣味。

安详柔和的目光，将残忍与欲望抹在了一边。他们像失落的儿童，有些孤苦伶仃。

从前的距离将彼此钉在了既定的位置，丝毫不得动弹。任何甜蜜与放纵都没有打破他们既定的距离，像一个生效的合同一样不能更改与忘记。

只是此时此刻被这瞬间所打破。他在想着，他看到的是自己。对这一点他确信无疑。一个让他没有距离的自己。他与她或他的名字与她的名字，只是形式上的区别罢了。他没有多想其他问题，只是静静地看着。她也一样。

彼此的问答都变得不再有意义了。感受。只有感受才是真实的。因为语言有很大的欺骗性。

她与他，都没有拉对方一把，只任凭彼此滑向终极。

直到清醒的意识慢慢地爬上了心头，才将满足的双眼放在了脸上。只有接触才能感受距离的存在，也才能感受寂寞与分离的难耐。

声音会让彼此唤起与对方的距离感的存在。他与她不想让距离放在他们的中央，让他们无法接触和感受到一个实实在在的存在。记忆与嗅觉的幻影将她的心一点一点地占据。

她不愿让记忆、幻想、嗅觉来陪伴她，她想多感受一个实实在在的他。

她确定这是，爱。这在黑夜中变得如此意识清醒的爱，让她神圣和难以忘却。

她坦诚和放松到了极点，滑向了一个零度的空间，没有了一切。

她不愿有丝毫防线在彼此之间，只想把零，一个空间，一个绝对存在的零度放在彼此之间。

零是一切的开始，也是一切的终结。一切存在都到了零和无，让人感到了平淡与自然境界。天人合一。没有了距离。

他慢慢在感受中放弃了自我，进入了零度空间。他穿越了世俗的空间，一步一步地向零度空间的彼岸行进。

慢慢地黑夜将他普度。他体味着浮世的悲哀，而露出欣慰的笑容。

灿烂，微笑的天空将他的心花怒放。

他用他的目光慢慢爬向了她的身体。是一个他认可的身体，像风、雨、树、雪、山、水、草。让他忘我地爬行，而失去了疲倦与知觉。

他感到了清爽与安详，他忘掉了疼痛与绝望。

零度空间，被凝固在了和谐与秩序之间。

他们感觉到有些饿，空气、水和一些别的什么让他们变得具体又实在。

他们各自动手，把水加热，把饭、菜做熟。他们开始吃着。由具体变为无形和零。

他们铺叠好了床单，洗净了碗筷。他用扫帚轻轻地将屋内的纸屑扫净，将窗户最大程度地打开。回头看了一眼窗外的树，天空。天是蓝色有白色的云浮动。树叶是绿色有微风吹拂。

他光着脚丫子，走在了有些冰凉的地上，这让他感受到心的热度。他与她并肩走出了门。他没有忘记把她的手握在自己的手中。他们从容地行进着，距离像天上的云彩一般消失，只有微风、阳光、空气和舒适存在。

消失

他有些困，先躺在了床上，望着顶上的灯与灰白色的墙，愣愣地不知想些什么。她在水池边的镜子前摘下了隐形眼镜。

　　她努力用手掰开眼睛，从镜子里看到的是一只瞪得像牛似的眼睛。他在床上注意到了这一瞬间。她熟练地把摘下的隐形眼镜放入用药水浸泡的杯子里，又放到了镜子背后的柜子里，转身去了门外的洗手间。

　　他躺在床上，四肢无力，眼睛有些困意。翻来覆去地无法入睡。他听到冲马桶的声响，接着是开门声和急促的脚步声。

　　她进门后随手关掉了灯，走向洗手间洗了洗手，将润肤霜取出，挖一指头，抹在了脸上和手上。又对着镜子看了一眼，才走向了床。

这是一张单人床。通常他睡外侧，她睡里侧。合盖一条被子。她跨过他的身躯进入了属于自己的那一侧。

他闭上了眼睛，但没有睡着。他清晰地知道她刚才的每一个动作的影像。他虽然闭着眼，可是能知道发生在屋里和邻边的一切。他不是一个糊涂人。她也一样。只是彼此从没有挑破，各自心里都清楚罢了。

他们睡在床上，各自想着什么。她转过身来，轻轻地用手抚摸了一下他的后背。他没有反应，心里明白她的意思。她把手收了回去。他闻到了她的体香，这让他有些心动。她把身体转向了墙面。他听到了她转身的动作所发出的声音。他转过身来面向天顶。月光将树影投到了屋顶和侧面的墙上，让他有些如梦似幻的感觉。他把手从被子里取出，放在了外面，深深地呼吸了一下，向她望了一眼。只看到她的侧脸和浓黑如墨的头发散作一团。她的肩膀一下一下有节奏地起伏着。

他知道她一定也没有睡着，用手轻轻地摸了一下她的肩膀。她回过头来看着他，一语未发。在黑影里，她的眼睛出奇的大，五官是朦胧的，嘴唇中似乎有丝丝的热气在冒出。

他看着她，觉得有些遥远，而不是近在咫尺。他们互相用眼打量着对方，在寻找着答案和疑问。他们为着一种说得清楚或说不清楚的东西相聚在了一起。他们来自不同的地方，在纽约，在东村的这间公寓生活在了一起。

他没有这样的计划，确切地说没有这样明确的计划。他没有想到是谁，是哪一位女性会第一个与他在这间屋里同床共枕。

想到这里，他出声打破了这沉默的静夜。

他：两个人在一起，我还是觉得孤独。

她：我也一样。

相继又进入了沉默。他在想，一个人是为了寻求伴侣，一个精神上的伴侣而来到这个世间。是一次用肉体陪伴时间的精神之旅。从零到零。

在这个情欲的世界里，煎熬中度过一分一秒，而憧憬着彼岸的希望。在这个欲望的世界里，人们一天天变得焦灼不安与软弱无力。

突然她起床打开灯说要喝水。他起床走向饮水机接了一杯热水递给了她。她大口大口地喝了几口方觉踏实。

打开灯后，站在灯下的两个人愣愣地对视着，不知说些什么。有些尴尬，不像黑夜能让人隐藏些什么，只用声音辨别对方而无须注视着对方。

他：上床睡觉去吧！别着凉了。

他关了灯。立即又进入了只能依稀分辨出物体和空间的黑暗。

躺在床上，两人都面朝天顶。睡意已退去，眼睛也慢慢地适应黑夜。这暗黑的空间总让他进入一种影像的幻觉。这之中有记忆中的也有现实中的还有想象中的，交织在一起。

他的手在黑暗中寻找着，抓住了她的手，相互用力握了握，感觉对方的存在。她与第一个男朋友谈了三年分手了。他与第一个女朋友谈了五年分手了。他对第一个女朋友的印象只是一种影子的感觉，不真实但存在——只是随着时间的推移由彩色变为黑白，直至为影子。像一次宴席，由聚到散各自回到了原属于自己的世界。得与失有着惊人的一致。

她把嘴轻轻地移向了他的颈部，吮吸着。他对于她，她想，是一次不经意的收获，让她有些陶醉和不能确定。在爱得极致时产生对爱的质疑与不确定，分不清是爱还是其他。她不愿想那么多，她只想体验这对她来说是经验之外的一切。她需要忘情也需要放松。她对未来并没有什么奢望。

他慢慢将她抱紧，用嘴吮吸她的肌肤。他们用只属于他们此时此刻的语言感受着。

在黑暗中一步一步爬向情欲的顶峰。忘记了疼痛，忘记了差别，忘记了彼此。只有艰难地在泥泞的情欲的沼泽地跋涉着，直到借助彼此达到情欲的彼岸。

那一刻让自己与对方消失得无踪无影，只有紧紧相拥才能换取消失后的一丝记忆。

他们静静地躺着，脸对脸看着对方，觉得遥远与陌生。像瞬间曝光过度的影像消失了，只留下了黑黑的模糊不清的影子。

大街上，人来人往，行色匆匆。地铁站挤满了候车的人流，黑压压的一片，五颜六色的人种都为了搭乘这一班地铁汇合到这里。从黑暗的隧道里传来了地铁行驶的声音，由远到近。停站。人们争先恐后涌入车厢。一瞬间，站台上空空荡荡，没有人迹，只有从顶上不时滴下的水滴与死一般的寂静相伴。这像魔术般转瞬即逝的场景让人对现实产生了幻觉，对幻觉产生了真实的确认。

黄昏下。昏黄的路灯给即将来临的夜晚平添了几分迷幻。人与影也带有几分诡异，在街道的两旁时隐时现。

红色的头发携带着一张苍白的脸，从人前一晃而过，只留下了黑色的记忆。

汽车的雾灯将蒙蒙细雨与雾和人与影融化在夜色的空气中。

　　空空荡荡的电话亭显得异常寂寞。四望没有一个人影，只有昏暗的路灯，街道两旁的店铺，垃圾和地铁的标识。

　　他欲奔跑时才发觉身已不由己，轻飘飘有些失重的感觉。天空中出现了慑人的红色，极度恐惧。

　　城市。混杂着记忆、欲念、幻想与经验的城市，慢慢变得像曝光过度似的一片煞白，直至消失。

　　不知消失的是城市，还是人的记忆与人的欲念以及人的一切。总之消失了。

　　消失得无踪无影，像从没有发生过似的彻底与干净。像过眼的云和烟似的。

公 路

一辆大众牌小轿车急速行驶在海岸线上。从汽车的收音机里传出今晚有台风的预报，十三级。播音员在播报完毕后，提醒大家注意预防。紧接着是一阵老式音乐。

　　汽车还在疾速行驶，车外已下起了小雨。路面上湿漉漉的，天空中阴云密布。他将车灯打开，雨刷器打开。从车前窗看到外面的雨被车灯照射得透亮，可以听到疾速转动的车轮与路面的雨水接触后发出的声音。

　　这条海岸边上的公路很长。

　　从车窗中可以看到一晃而过的路标牌。

他将右手伸向了调频钮，车内收音机暖黄色灯上的刻度针开始移动。上面是 FM 的音乐频道，有 88.9、91.3、96.5、100.3、104.3 兆赫。他将指针调到 105.9 刻度上，里面传来了巴赫的平均律。他的右手离开调频钮，又放回到方向盘上。雨刷器将路灯、雨水、玻璃和不时从对面疾驶而来的车的前灯变为一个模糊和有些虚幻的世界。突然间有一阵莫名的快意涌上他心头，令他舒服，有些飘飘然。他只是凭感觉在驾驶着，对路标也没有先前那么在意。可能是由于这平均律的和谐音律，再加上雨水打在车窗，雨刷器有节奏地左右摇摆，他没有想清楚这阵愉快突然来临的原因，也不太想分析和总结出什么结论。让它继续着，这是他的念头，让它不要间断。一直沿着海边的公路向前行驶，不要停，不要停。

　　他的双眼在暗暗的车内，不时被路灯晃过，可以隐约看到噙在眼里的泪光在闪动着。与这时刻共有的是速度、音乐、雨，还有不停从车窗前疾速划过的路灯。

　　雨越下越大并有风伴随。
　　车继续在路上疾速行驶着。

他的右手再一次伸向调频钮，开始转动，一阵阵不同的音乐和新闻伴随着杂音在变换着。直到调至 99.9 兆赫的刻度处，出现了女播音员播报台风的消息，他才放开旋钮，神色凝重地似听似看着。

"各位听众，现在为你播报台风消息。现在是 8 点 15 分，台风正以 133 公里的时速向佛罗里达海湾而来。"

他把脚踩在油门上。速度表盘上的刻度指针冲向 140 公里每小时。

大雨和风将路边的树枝吹得左右摇晃不停。

雨在风的强烈吹动下倾斜地打在车窗上。

孤寂感瞬间袭来，并迅速扩展开来。他身陷孤独无助的重围中，无人能与他说上一句话。他此时多么想对人说一句话。这个念头一经产生，便迅速膨胀，有些失去控制。他想杀人，想用手，想用这两只有力的手将人杀死，掐死！

他的双眼充满愤怒，无原无由地对一切充满愤怒。这种孤寂重重地将他袭击并将他打倒，使他起码在短时间内无法恢复。

他现在非常希望看到人，但此时眼前除了公路，一望无际的黑暗和风、雨以及左右晃动的无法控制的树外，连一辆过往的车辆都没有。他不知道这里是什么地方。

突然，连路标、路灯都没有了。收音机也发出了吱吱的声音。他向右边的窗户看了一眼，看见海浪一浪高过一浪地跃过堤坝。他用力踩下油门，车像离了弦的箭向前直冲。他只有一个念头：快速、不能停顿，冲到有人影的地方。饥饿这时敲开了他的肚子并迅速传递到大脑，一阵难耐的焦躁不安将他的脸扭曲，他从反光镜中看到了自己，此时的面孔让他厌恶。

他急忙用右手在前座的储备箱里胡乱翻着，空空的，没有一点能进嘴的，哪怕是一块口香糖、一块饼干，什么都没有，他连底都翻了个净，还是一无所获。他重重地将箱子盖合上，咽了一口唾液。他的双眼红得可怕，像是要吃人的狼。他不敢再看一眼反光镜，他知道此时的自己很可怕。他不愿意看，一下都不愿意。他怕饿昏了，试了试，理智还在，他的心稍稍得到了放松。不过他知道这不可能持久。

他想到了他面对食物时的嘴脸，狼吞虎咽，根本顾不上体面、礼节、吃相。不顾，顾不上了，先把肚子填饱再说，再讲礼节、吃相。那是留给饱汉的事情。现在顾不上了。

他从前方的车窗看到路上的树枝和树干被风吹断后，横飞在空中。天上阴云密布，突然收音机出现正常的声音，紧接着又是一阵杂音。他的脸上刚出现兴奋的表情，转瞬又凝固住了。

他用右手左右转动调频钮，努力寻找着声音。他需要声音。不论是什么声音，有一点点也好，好让他受惊的心得到一丝安慰。他左右不停地转动着，还是嗞嗞的杂音在持续，他重重地用拳头砸了两下收音机。没有他需要的声音出现。

汽车疾速往前冲着。在这条近海岸的公路上，只有这辆车，在车灯的照耀下孤独地行驶着。

车内除了收音机嗞嗞的杂音外没有任何声音。他似乎像是想起了什么似的，从仪表盘下的抽屉里取出一盒555烟，用右手拿起一支放到嘴上，并将点火器插在洞里，用手堵在洞口，一分钟后，拔起点火器，举到嘴边点燃烟。他深深地吸了一口，吐了出来。他的脸上显露出了一丝放松的表情。

他的脚下意识地离开了一下油门，时速表上显示125公里每小时。他接着吸了一口、两口、三口烟。突然收音机里出现了正常的声音，他迅速用手将旋钮调转到了播报台风的波段，身子微微前倾，仔细地听着。收音机里又传出播音员急促的声音："各位听众请注意！现在播报有关台风的最新消息，台风现在正以 162 公里每小时的速度向佛罗里达海岸挺进，请大家注意！特别是沿海公路正在行车的司机、行人请注意！"

他迅速向右边的海堤上看了一眼。海浪一波接一波翻过高高的堤坝，路边的树被吹得倾斜难耐。

他用力踩下油门，车速表盘上的指针迅速向上摆动。他的双眼露出惊恐的神态，叼在嘴上的烟已燃掉三分之二，烟灰掉落在他的裤子上，他感到了温度，急忙用手弹了下。

他全神贯注地紧握方向盘，并仔细地听着收音机里播报的有关台风的最新消息。"各位听众、司机……"这急促、焦急的声音将人的心逼得喘不过气来。

"各位听众、司机请注意！台风正以每小时 183 公里的速度向佛罗里达方向移动。沿路有许多房屋和汽车被刮起。伤亡人数目前还没有确切数字。警方和部队已调动人员全力奔赴受灾现场。

"请佛罗里达沿海的居民、司机迅速撤离。警方公布，沿海的 300 公里海岸线已封锁，以防行驶的汽车受到台风的袭击。"

他听到这时已恐惧得脸色苍白，没有了血色。他不顾一切地踩下油门，这时车像一匹脱缰的野马，疯狂地奔向前方。车内的收音机由于高速行驶，声音已变得模糊不清，时断时续。

他的头脑中是巨浪和狂风暴雨的景象，一切房屋、船只、汽车、大树被刮向天空。

汽车轻飘飘地开上了天空，有些失重的感觉。天空中有房屋、船只，还有鲨鱼、大树、电线杆、路标牌和滚动的云。我还看见在我的车窗前有一只船划过，船上游客在向我招手，他们手中拿着照相机，不停地拍照、留影。我看见在我的左右前后车窗都是鱼，大大小小的鱼在游动。

但突然间有一棵大树和一块路标牌从我车窗前划过。

我感觉我的车不时地翻转过来，翻转过去，像行驶在太空中的船一般失去了重量。我随着这种轻，飘荡着，没有着落。没有饥饿的感觉，烦恼、焦虑、压力、紧张、恐惧都统统没有了，只有轻盈，这种我从未有过的飞在天空中的感觉。

"各位听众请注意！"当我听到这熟悉而急促的声音

时，又恢复了意识。"现在播报台风消息，请注意收听，台风现在正以每小时 133 公里的速度向太平洋海岸转移。"

　　我紧提着的心放松了下来，全身的肌肉由紧张的绷持变得放松自然了许多。这时公路的前方出现了路标牌 75。

　　我清楚地看到了这个数字。我的信心恢复了不少，离恐惧和死亡的界线越来越远，越来越远。

　　我照了照反光镜，又对着镜子用右手轻轻地调整调整发型，直到满意为止。

后 记

20世纪50年代，电影理论里出现的"作者论"（politique des auteurs）一说，是在给予电影导演以"作者"的身份，沿用到今日，电影范畴中的作者论，基本指那些叙事风格独具的电影导演。那么在文学中，"作者论"的同义词为何？本书作者封岩为当代摄影艺术家，于北京电影学院摄影系毕业后，在多年从事影视工作的同时，他大量阅读文字，也参与现代戏剧。透过《座椅反弹的声响》这部讲述一实验剧场进行演出和训练过程的中篇小说，封岩从他对当代艺术、文学与电影的个人角度（抑或"执念"）出发，借由文字这一我们已习以为常的媒介，展开其独特的堪称"作者论"的文学表达。

文字与图像的角力

在无预期的状态下阅读前半部即中篇《座椅反弹的声响》（以下简称《座椅》），你或许会感到自己被抛进一个文字与图像角力的训练场，那是一种久违的新奇感受，好像是初学握笔写字时，试图将笔画辨认成文字的能力，又好像是在数学中试图联结符号与定义的努力。我们可能曾在诗歌、现代派文学或者是 20 世纪 90 年代的非线性叙述中有过类似的阅读焦虑，直到浮沉在网络的汪洋中。过去读侦探小说，翻篇之际那种对剧情推演的渴求；时到如今，面对一种陌生的文学结构，这种急切落实到了一字一句间，你发现作者正步步带你走向这样的提问：类型的公式本身能否就是耐人寻味的读本？

开始似乎说的是一个戏剧的演出现场，在这里文字的自由使它跳跃在京剧的身段和电影的套招剪辑间，无法预期的行为让观众陷入被宰治的地位，原来文字最能轻易制造残酷。一章一章读下去，在许多段落，你发现自己不得不停顿，或者重读几次。某一刻你觉得作者过于霸道，又似乎在以精确的描述遮掩及误导着什么。你产生了逃避的念头。如果你像作者一样练习长跑，知道间歇和放松的效果更佳，大脑类似亦是，不同的回路需要以不同的方式开启运作，有的深耕细作，有的灵光乍现。

与文字迷宫平行的时空

你再次步入文字架构之中，按图索骥地尝试搭建出一幅完整的图像，却总被缺失的一块卡在原地，神游回忆起类似的场景中，自己过去的经历，感动之处甚至兴起迷于途中的浪漫情怀。文字与时间的迂回、停顿、相遇和交错，在无形的时空中宛如搭建出了一座园林式的迷宫。这座迷宫里没有中国古典园林史中闻名遐迩的题跋匾额及诗情画意，也非辋川别业那样，流传了可供后人参考的古诗及摹本图绘，去想象古代诗人在自然的支配中有限的因地而建的文人野景。一关一关，当阅读被卡在无法构建出意义的段落中寸步难行时，其实封岩在当代艺术家的身份下有一幅名为《山重水复》的摄影经典之作，画面宛若一幅中国传统山水画，弦外之音既在这首南宋诗人陆游的古诗《游山西村》接下来的"疑无路"和"柳岸花明又一村"中，也在封岩不着痕迹地将文化上的传家之宝转换于不同媒介之间的创造力中，正好应和了诗中后句"衣冠简朴古风存"般朴素简洁的展现能力。原来眼前阅读的文字作品，是在我们这个古老语种的文字花园中，横空出世的一座让人惊喜的"文字迷宫"。

封岩摄影作品具备的观念性，在他的文字作品中早已展露无遗。在"绘画之侧"摄影系列中，我们看到作者放在绘画之外的兴趣——画布边缘和艺术家工作室地上流淌的印迹；在《座椅》中"剧院"和"工厂"的篇幅里，同样更关心舞台之外的种种。他对建于 20 世纪 50 年代的国防工厂内发生的排练的描述如同一个平行的时空，对于一个轰隆作响之声犹在耳际的时代，他以此刻——那是"非典"和奥运会前的北京，一切蓄势待发——一个演出季中某场艺术表演排练的细枝末节来回应，就像是他在陕西唐代十八陵拍摄的影像作品"唐陵深草"系列，"封岩刻意避开遗迹所蕴含的纪念碑式的宏大，从而回避了对于地位和权力的旧思新梦。摄影师跟随着考古学家和历史学家的脚步，但其关注点并不是前人的发现，而是昔日荣光中为人所忽视的。野草取代了纪念碑，无关成就、毁灭和断裂，让人们注意到一个比中国封建帝制更宏大的时间维度"[1]。《座椅》中，作者极尽与冗词赘句相反的名词展示，无一句论及人物情感、时代特色，当然更无社会变革。前一刻你屏息关注这一场隐藏着暴力并可能导致疯狂的残酷戏剧，可能听见他 / 她关于那特殊的一日的完整陈述，这一刻人物的面孔又几乎模糊了，你想要看清楚，而那些应该可以看见的又几乎不可辨认。眼前扎实具体的空间不变，但时代已然翻篇。

---

[1] 保拉·约韦内（Paola Iovene）：《克制的图像——摄影作为抽象之途》。

与我们生活之物——极简主义

　　成群着工装的工人，在各段落出没、制造声响；甚至在剧场排练的一位重要讲述者，其身份是一位屠宰工。社会主义最坚实的工人阶级在这里不仅仅从事劳力工作，也同时参与前卫戏剧的演出，这几乎是一种将艺术的生产工具归回到集体手上的寓言。花费篇章描述的，还有曾经受用而今几乎遭弃的物品，蒙灰之际突然被赋予了新的意义，像是"剧场"篇章中胡同尽头年久失修的剧场、舞台上刻有番号的木箱子……在封岩的"纪念碑"系列影像作品中，他将公众记忆中的物品如铁皮档案柜、木质衣架、黑皮沙发等，以拍摄肖像的形式记录。"在平凡物中过于沉重的隐喻，和日常物品的有意义之间进行交替，封岩建立以一个世界，其中我们所生活的事物帮助我们与自己生活在一起。这些影像作品是关于我们如何与生活之物建立联系，以及如何通过这一过程，我们与自己进一步相近。"[1] 封岩的摄影作品也常被冠以风格上的"极简主义"，而美术史中的"极简主义"实际上指的是美国 20 世纪 60 年代的一个艺术流派，其特征是与传统美学完全分离，艺术家在认识到工业化的美学控制是个人徒手

---

[1] 迈克尔·哈奇（Michael Hatch）：《封岩：与我们生活之物》，2020。

无法企及之时，索性诉诸工业制造的实质形体（产生的作品通常为雕塑）。在较深层面上，极简主义在二战后的美国以清醒的姿态提醒着个人与整体世界的轻重分别，以物质的重量断言人类本质和自我直接体验之间的关系。如果说他们当时在越战上的态度，在特定的时空里曾被批判为虚无主义，但在当下真正面对作品时，人们往往被其意想不到的纯净感染，以至沉思及振奋。就亚洲范围来说，20世纪70年代前后在日本出现的"物派"与风格上的"极简主义"相似，主要受世界范围工业化、美国极简主义、概念艺术、大地艺术、贫穷艺术等流派影响。而在中国现代艺术史中，直到今天，除了在"抽象"上有许多的讨论，和在抽象与"禅意"之间有一般意义的厘清之外，对于地域范围内极简风格的艺术发展甚少出现系统性的界定和讨论。在这里仅以美国艺术评论家乔纳森·古德曼（Jonathan Goodman）所著文论的片段为参考："美国极简主义中对工业美学的倾向，在雕塑中除自身工艺外不展现任何文化叙事，在封岩的创作中也并不陌生……《迷幻的竹子》则非常不同，我们看见在其中霓虹灯管层层堆叠，同样指向极简主义。对熟悉这一流派成就的观众来说，这些影像可能看起来像是对丹·弗拉文（Dan Flavin）灯管雕塑的致意。封岩因此不仅在代际之间，也在可观的地域划分间构建了一架桥梁。霓虹灯管放射出一道核心的光源；在《迷幻的竹子10》（2009）中，绿色的横线将构图的中央分道，除了上下极度微弱的绿色和红色水平线条，其余则为黑暗。封岩对西方美学的开放接纳例证了现代抽象主义的演化源流，但是中国艺术从社会主义写实跃入后现代实践的过程，却缺乏了现代主义后期的切身体验，因此封岩的艺术令人由衷震惊之处就在于其完全能在后现代的语境之中冷不防地惊起成立。人们同样会注意到作品的题目——'迷幻的竹子'混合了西方的迷幻剂文化，同时指向了竹子在中国艺术和自然中的独特寓意。封岩对于抽象的使用也与他对中国传统绘画中非写实的动态笔触和线条的喜爱有关。"[1]

纽约与古都

封岩于20世纪90年代后期独自前往纽约，本书后半部分的短篇大部分是他寓居美国时期所写。那时美国由克林顿带领的黄金时代尚未走向终结，数码和网络革命将入剑鞘，人们处在迎接千禧年有福的无知之中。种族和性别议题是20世纪90年代纽约艺术界的主题，但未形成任何流派。一

---

[1] 乔纳森·古德曼：《封岩：客观化摄影》，Yishu 典藏国际版，2013。

些中国艺术家在纽约混乱的 80 年代即进驻，自此各自默默扎根于纽约。到了 90 年代末，随着中国国情的变化，以及纽约现代艺术博物馆 PS1 分馆（MOMA PS1）首个中国当代艺术大展（Inside/Out）的亮相，中国艺术家们纷纷崭露头角、回潮中国。封岩大概是在这样的背景下来到纽约的。在这批中国艺术圈的"老纽约"中，无论是新知、旧识，在短暂的交集后，多数的日子他自己度过。他住在东村的一个小公寓里，周末固定在上西城街边卖画[1]，剩余时间去圣马克街上的录像店、纽约电影档案馆、切尔西画廊区和任何有华文藏书的图书馆。后来他搬去布鲁克林一处原本聚居较多东欧移民的河岸厂房区，这个地方（威廉姆斯堡）后来很快因其崭新的艺术氛围被誉为纽约的东柏林。

纽约作为一个为世界提供大量文化信息的中心，其素材来自市民背景的多样和反差，以及他们在移民历练中所展开的个人历史回溯，这种回溯有时迸发出不可言喻的联结母文化和新文化的穿透力。二战爆发后，许多欧洲前卫艺术家移民美国避难，他们对传统艺术形式的革新延续至 20 世纪 40 年代，在纽约形成了抽象表现主义，与东方笔墨中的抽象精

---

[1] 销售无名画派艺术家张伟的绘画复制品。

神有着人类共同文明的传承关系，其所具备的新自由主义意识形态，在冷战初期适逢其会地被纳入美国政治文化部门的运筹，成为诞生于美国本土的第一个艺术流派，也造就了纽约这一世界艺术前沿都市。而后兴起的极简艺术是对抽象表现主义的一种反动，与20世纪20年代短暂起落于俄罗斯的"构成主义"（后被社会写实主义取代）有着朦胧的渊源，如丹·弗拉文曾将许多重要作品提名献给构成主义的代表人物弗拉基米尔·塔特林。这种种新旧交融、吐故纳新的加乘能量，是艺术创造过程中最不可思议的结合。成长于古都，自小听闻以及跟随父辈探勘考古现场的记忆和经验，使封岩对历史及时间在现实中的示现找到独特的视角，即使是曼哈顿城中几乎被电子化世界淘汰的工业时期痕迹，也能像记忆中城外村民发现陶俑碎片般地，勾起一连串与考古相关的人力、物力、科学、史学的研究和想象。封岩在纽约经验的情境使他在回溯个人的文化记忆时，把城市里的光影、日用品和文明痕迹极简化、抽象化，在日后成为"迷幻的竹子""纪念碑"和"唐陵深草"等系列摄影作品。封岩的纽约时期还没有使用他后来惯常用的富士6X9胶片相机和理光数码相机，多数对于艺术的思考他用文字表达出来，他使用名词作为基础原料，并重复名词、介词和动词，但甚少形容词，形成一个阳刚的结构，如同质朴戏剧(或译贫困戏剧)拆除舞台到观众席的全部设备，用质朴而贫困的文字堆砌桁架的方式展开叙事，某些行文仿佛仅为了将字体用为符号在纸上展开队形，文字摆脱了附属于意义的地位，获得了自己的质地和分量。在内容上，他将悬疑转换成为一种自觉的形式，加之日常生活流水账似的描述，不断干扰着读者和观众的视线，使期待的演出及排练不断被打断、继续、再打断、再继续，形成一种探索文学本质的方法。

照片的刺点与写作的零度

短篇《零度空间》的标题让人直觉联想到罗兰·巴特1953年发表的《写作的零度》，该文写就于受到索绪尔的现代语言学革命性影响的年代，提出字词的独立品质以及中性和客观的书写。罗兰·巴特后来在担任法兰西学院文学与符号学主席时，完成了其与摄影相关的理论集《明室》。封岩的短篇《零度空间》克制地用性去谈爱情，在爱情中寻找"零度空间"，这一个"零度空间"，后来以一种"沉浸式的体验"在作者的摄影作品中重复使用，成为巴特在《明室》中所说的照片中的"刺点"，一个拒绝被符码化的细节。就像"《车门》把我们推向红旗轿车以外的位置。

不论我们知道或者不知道这是否曾是领袖的用车都不重要。我们与这扇门的关系已经建立了；它被紧紧地关上，将我们排拒在外，平凡的观者禁止进入。由于座驾窗框的银边整齐地将画面由中央平均分割，封岩将我们的注意力同时带到门的把手和深色窗户上几乎不可辨识的倒影。"迈克尔·哈奇在谈到封岩后来的山石摄影系列作品时这样形容："物体的表面进入我们的视界，并将其边界推向模糊。这与早晨时我们与枕头的视野一样，也与一次深拥的内在相同。眼睛能理解的仅是质地、触觉、表皮。通过破坏整个对象的边界，我们进入其中并从中进行思考。压缩进入这种亲密的关系，我们开始失去自身边界的感受。"[1]

生活在如今这样一个人人都熟稔于平台转换的时代，我们理当运用更高的想象力去看待媒介各自的独特性和它们之间的可能性。姑且让我们尝试仅在以下的段落中以"文字"取代"影像"二字："封岩的影像是一个自洽的独立世界，平行于人们所认知的自然和社会。他将视觉元素和影像表达围合成为一个个体，并且不断让它生长、扩展。在这个平行世界中，情感、观念、

---

[1] 迈克尔·哈奇：《滤后的静物：封岩的摄影作品》，2006。
《封岩：与我们生活之物》，2020。

态度等元素与观者各自所认知的现实发生着无限次的连接和互动，它们互相映照和激励，使观者得到了一个从固化的现实出走并回顾自身的机会。这并非是指封岩建立了一个理想中的乌托邦，与此相反，封岩的影像世界对应于这个世界更高层次的真实，是对意识的反省和批判，更是对真实的找寻和触摸。摄影可以是关于过去的留存和纪念，这需要时间的作用。然而封岩的作品能够主动地生成这种纪念性，在崭新的作品刚刚诞生之时便具有了时间沉积的魅力，这是因为封岩已经将充满了时间的真实倾注了进去。"[1]

结语

二十多年过去，我们在先透过影像理解封岩的作品之后，再整理出他写于20世纪末前后的文字作品，发现试图厘清封岩在文字和图像之间丰富的脉络并辑集成册并非易事，却绝对是个独特且必要的起点。《座椅反弹的声响》是送给我们身处的这样一个时代的礼物。

Yun Tyng Jen

---

[1] 张离：《真实扑面而来》。

图书在版编目（CIP）数据

座椅反弹的声响 / 封岩著 . —桂林：广西师范大学出版社，2020.8
ISBN 978-7-5598-2492-9

Ⅰ . ①座… Ⅱ . ①封… Ⅲ . ①中篇小说—小说集—中国—当代
②短篇小说—小说集—中国—当代 Ⅳ . ① I247.7

中国版本图书馆 CIP 数据核字（2019）第 285546 号

封面题句引自苏珊·桑塔格于 2001 年获耶路撒冷文学奖所发表
的演说《文字的良心》，黄灿然译。

出 品 人 ｜ 刘广汉
策划编辑 ｜ 尹晓冬
责任编辑 ｜ 刘孝霞
助理编辑 ｜ 宋书晔
装帧设计 ｜ 张梓涵
设计助理 ｜ 陈茹婕

广西师范大学出版社出版发行

（广西桂林市五里店路 9 号　邮政编码：541004）
（网址 ｜ http://www.bbtpress.com）
出版人 ｜ 黄轩庄
全国新华书店经销
销售热线 ｜ 021-65200318　021-31260822-898
北京雅昌艺术印刷有限公司印刷
开本 ｜ 720mm×960mm　1/32
印张 ｜ 7.5　　　　　　字数 ｜ 125 千字
2020 年 8 月第 1 版　　2020 年 8 月第 1 次印刷
定价 ｜ 68.00 元